dtv

Camillo Boito

Sehnsucht

Das geheime Tagebuch der Contessa Livia

Novelle

Aus dem Italienischen
von Bettina Kienlechner

Mit einem Nachwort
von Ursula März

dtv

Originaltitel
Senso
Dallo scartafaccio segreto della Contessa Livia
1883

Ausführliche Informationen über
unsere Autoren und Bücher
www.dtv.de

MIX
Papier aus verantwortungsvollen Quellen
FSC® C083411
FSC www.fsc.org

Vollständige Ausgabe

Umschlaggestaltung: Katharina Netolitzky/dtv
unter Verwendung eines Fotos von Trevillion Images/
Daniil Kontorovich
Gesetzt aus der ITC Giovanni 10,8/15,3˙
Druck und Bindung: CPI books GmbH, Leck
Gedruckt auf säurefreiem, chlorfrei gebleichtem Papier
Printed in Germany · ISBN 978-3-423-28120-1

Sehnsucht

Als mir gestern, in meinem gelben Salon, der kleine Advokat Gino mit vor lange unterdrückter Leidenschaft heiserer Stimme ins Ohr flüsterte: »Contessa, haben Sie Erbarmen mit mir, schicken Sie mich fort, befehlen Sie den Dienern, mich nicht mehr einzulassen, aber befreien Sie mich um Himmels willen von diesem quälenden Zweifel, sagen Sie mir, ob ich noch hoffen kann«, und der arme Jüngling sich mir zu Füßen warf, betrachtete ich mich aufrecht und unerschüttert im Spiegel. Ich forschte in meinem Antlitz nach einer Falte. Meine lockenumspielte Stirn ist glatt und rein, gleich der eines Kindes. An den Seiten meiner geschwungenen Nasenflügel, über meinen vollen, roten Lippen, ist kein Fältchen zu sehen. Noch nie habe ich ein weißes Fädchen in meinem langen Haar entdeckt, welches, wenn gelöst, schwärzer noch als Tinte in glänzenden Wellen auf meine schneeweißen Schultern fällt.

Neununddreißig Jahre! ... Ich zittere beim Niederschreiben dieser erschreckenden Zahl.

Mit meinen schmalgliedrigen Fingern gab ich der warmen, nach mir tastenden Hand des kleinen Advokaten einen sanften Klaps und wandte mich zum Gehen; doch von einem unbestimmten Gefühl getrieben (wohl von dem ehrenvollen Gefühl der Freundschaft oder des Mitleids), drehte ich mich auf der Schwelle um und wisperte, so glaube ich, das Wort: »Hofft«.

Ich muss meine Eitelkeit im Zaum halten! Neben der Unruhe, die an meiner Seele nagt und die meinen Körper fast unversehrt lässt, beherrscht mich das hoffärtige Gefühl, schön zu sein; ich finde keinen anderen Trost mehr als den meines Spiegels.

In der Niederschrift der sechzehn Jahre zurückliegenden, verhängnisvollen Ereignisse, an welche ich mit bitterer Sinnenlust zurückdenke, hoffe ich einen weiteren Trost finden zu können. Das von drei Schlüsseln in meinem Geheimfach verschlossene Heft wird nie ein menschliches Auge zu sehen bekommen, und sobald die Niederschrift beendet ist, werde ich sie ins Feuer werfen und die Asche verstreuen. Die alten Erinnerungen dem Papier anzuvertrauen soll helfen, ihre Bitterkeit zu lindern. Jede Handlung, jedes Wort und vor allem die Scham jener bedrückenden Zeit meiner Vergangenheit ist in mein Gedächtnis eingegraben und stets suche und reize ich die Risse der unverheilten Wunde, ohne zu wissen, ob das, was ich dabei empfinde, Schmerz ist oder Lust.

Welch Glücksgefühl, sich ohne Skrupel, Heuchelei und Vorbehalt einzig und allein sich selbst anzuvertrauen und in der Erinnerung auch jener Wahrheit ins Auge zu blicken, welche preiszugeben die dummen gesellschaftlichen Geziertheiten so erschweren, nämlich die der eigenen Erniedrigung! Ich habe von heiligen Einsiedlern gelesen, die inmitten von Würmern und verwesten Tieren lebten (eine wahrhaft schmutzige Angelegenheit) und die glaubten, sie würden umso höher aufsteigen, je tiefer sie sich im Schmutze wälzten. Und so erhebt sich mein Geist, indem ich mich erniedrige. Ich bin stolz bei dem Gefühl, mich von den anderen Frauen vollkommen zu unterscheiden. Mein Auge fürchtet keinen Anblick mehr und eine kühne Kraft herrscht in meiner Schwäche. Ich gleiche den alten Römerinnen, jenen, die den Daumen zur Erde drehten, die Parini in einer Ode besingt, ich weiß nicht mehr genau, in welcher ... doch bei ihrer Lektüre schien mir, als spiele der Dichter auf mich an.

Würde nicht einerseits das Fieber der lebendigen Erinnerungen, andererseits der Schrecken vor dem Altern in mir herrschen, müsste ich eine glückliche Frau sein. Mein alter, kränklicher Gemahl, der voller Vertrauen zu mir ist, gestattet mir, Geld nach Belieben auszugeben und zu tun, was mir gefällt. Ich bin eine der ersten Damen von Trient, an Verehrern fehlt es mir nicht, und der teure Neid meiner Freundinnen entfacht sich immer stärker, anstatt zu erlöschen.

Mit zwanzig Jahren war ich natürlich noch schöner. Nicht, dass die Züge meines Antlitzes sich verändert hätten oder mein Körper weniger flink oder geschmeidig wäre, aber in meinen Augen brannte ein Funke, der jetzt leider immer schwächer wird. Das Schwarz meiner Pupillen scheint mir, bei genauer Betrachtung, etwas weniger kräftig zu sein. Man sagt, das Erhabenste der Philosophie sei, sich selbst zu kennen: Ich studiere mich seit vielen Jahren Stunde um Stunde, Minute um Minute mit großer Sorgfalt und glaube mich zuinnerst zu kennen, sodass ich mich wohl eine perfekte Philosophin nennen kann.

Ich würde sagen, dass ich den Höhepunkt meiner Schönheit (es gibt im Leben einer Frau immer einen kurzen Zeitraum voller Blüte) in Venedig erreichte, nachdem ich knapp das zweiundzwanzigste Lebensjahr überschritten hatte. Es war im Juli 1865. Seit wenigen Tagen verheiratet, befand ich mich dort auf Hochzeitsreise. Für meinen Gatten, der mein Großvater hätte sein können, empfand ich ein Gefühl der Gleichgültigkeit, eine Mischung aus Mitleid und Verachtung. Er trug seine zweiundsechzig Jahre und den behäbigen Bauch mit sichtlicher Tatkraft; seine spärlichen Haare und den dichten Schnurrbart färbte er sich mit einer übel riechenden Pomade, welche große, gelbliche Flecken auf seinem Kopfkissen hinterließ. Im Übrigen war er ein guter Mensch, auf seine Weise voller Aufmerksamkeit der Gattin gegenüber, zur Völlerei neigend, gelegentlich heftig, ein unermüdlicher Raucher, dummstolzer Aristokrat, ungestüm vor den Ängstlichen und mit Schweiß auf der Stirn vor den Gewalttätigen, ein eifriger Erzähler schlüpfriger Geschichten, die er bei jeder Gelegenheit wiederholte, weder geizig noch ein Verschwender. Mit mir an seinem Arm spreizte er sich wie ein Pfau und schaute mit dem lasziven Lächeln eines Connaisseurs den leichten Mädchen nach, die neben uns auf dem Markusplatz flanierten; einerseits fand ich Geschmack daran, weil ich ihn gerne in die Arme einer anderen gescheucht hätte, um mich seiner zu entledigen, andererseits aber ärgerte ich mich darüber.

Ich hatte ihn aus freien Stücken geheiratet, besser gesagt, ich selbst hatte es gewollt. Meine Eltern waren gegen eine so ungleiche Ehe gewesen, und auch der Conte, man muss die Wahrheit sagen, hatte sich nicht erkühnt, um meine Hand anzuhalten. Doch ich war meines Jungfernstandes überdrüssig geworden und wollte eigene Kutschen, Brillanten, Samtkleider, einen Titel und, vor allem, meine Freiheit haben. Es bedurfte einiger schmeichelnder Blicke, um das Herz im behäbigen Leib des Conte zu entflammen. Doch nachdem es einmal entflammt war, fand er keine Ruhe mehr, bis er mich hatte, ohne auf die geringe Mitgift zu achten oder an die Zukunft zu denken. Ich antwortete vor dem Priester mit einem entschiedenen, klangvollen Ja. Ich war mit dem, was ich getan hatte, zufrieden und bereue es auch heute, nach so vielen Jahren, nicht. Das Gefühl, es bereuen zu müssen, hatte ich eigentlich nicht einmal in jenen Tagen, als meine Empfindungen fast schlagartig erwachten und ich mich dem ersten Anfall einer blinden Leidenschaft überließ.

Bis nach Vollendung meines zweiundzwanzigsten Lebensjahres war mein Herz verschlossen geblieben. Meine Freundinnen, welche bei Schmeicheleien sentimentaler Liebe schwach wurden, beneideten und respektierten mich. In meiner Kälte, in meiner wegwerfenden Verachtung zärtlicher Worte und schmachtender Blicke sahen sie ein Vorherrschen von Vernunft und Willenskraft. Bereits mit sechzehn war mein Ansehen begründet, als ich mit den Gefühlen eines hübschen Jünglings aus meinem Ort scherzte und ihn schließlich verachtete, nachdem der Unglückselige sich zu töten versucht hatte und, wieder genesen, von Trient nach Piemont floh, wo er freiwillig einrückte und schließlich in einer der '59er Schlachten, ich weiß nicht in welcher, starb. Damals war ich noch zu jung für Gewissensbisse. Außerdem hatten meine Eltern, Verwandte und Bekannte, welche alle der österreichischen Regierung nahestanden und dieser treu als Soldaten und Beamte dienten, zu Ehren des armen Heißsporns keinen anderen Trauerspruch gefunden als: »Es geschieht ihm recht«.

In Venedig erwachte ich zum Leben. Meine Schönheit erblühte in all ihrer Pracht. In den Augen der Männer erstrahlte bei meinem Anblick ein Blitz des Verlangens; ich spürte ihre Flammen, ohne sie zu sehen. Selbst die Frauen sahen mich an und erforschten mich bewundernd, bis zu den Füßen. Ich lächelte wie eine Königin, wie eine Göttin. In der Befriedigung meiner Eitelkeit wurde ich gutmütig, milde, vertraulich, sorglos und geistreich: Die Größe meines Triumphes ließ mich fast bescheiden wirken.

Mein Gatte, der einer der Vertreter des Tiroler Adels im Abgeordnetenhaus von Innsbruck gewesen war, wurde mit mir zu den Gastmählern und den Gesellschaften des Kaiserlichen Statthalters geladen. Wenn ich den Saal betrat, Arme, Hals und Brustansatz unverhüllt, in dem Tüllkleid mit langen Spitzenbahnen, einer großen Blume aus Rubinen und smaragdenen Blättern im Haar, hörte ich rund um mich herum ein bewegtes Raunen. Eine leichte Röte des Wohlgefallens belebte die Farben meines Gesichtes. Ich tat einige langsame, leichte, feierliche Schritte, ohne jemanden anzublicken; und während die Dame des Hauses auf mich zukam und mich einlud, neben ihr Platz zu nehmen, wedelte ich mit dem Fächer vor meinem Gesicht, wie um mich schamvoll vor den Blicken der erstaunten Leute zu verbergen.

Bei den Festen auf dem Canal Grande und den Abenden auf dem Markusplatz fehlte ich nie. Im Caffè Quadri war ich von einem Schwarm Satelliten umgeben: Ich war die Sonne in einem neuen Planetensystem; ich lachte, scherzte, verspottete jene, die mich mit Seufzern oder Sprüchen erweichen wollten und zeigte mich in einer unbezwinglichen Kraft, ohne, um niemanden zu entmutigen, mir die große Mühe zu machen, wirklich unbezwingbar zu erscheinen. Mein Hof bestand hauptsächlich aus kleinen Offizieren und Tiroler Regierungsbeamten, die sich ziemlich töricht und aufgeblasen gaben, sodass die Angenehmsten unter ihnen jene waren, die bei all ihrer Ungezogenheit wenigstens gelernt hatten, ihre Torheiten auf eine gewisse dreist-kecke Art vorzubringen. Unter ihnen lernte ich einen kennen, der sich aus zweierlei Gründen von dem Haufen der Übrigen unterschied. Dem zügellosen, ausschweifenden Leben kam, nach Behauptung seiner Freunde, eine solch sittenlos zynische Verachtung aller Prinzipien hinzu, dass ihm nichts auf der Welt respektabel erschien außer vielleicht dem Strafgesetz und dem militärischen Reglement. Darüber hinaus war er wahrhaft wunderschön und außerordentlich feurig: Eine Mischung aus Adonis und Alcide. Weiß und rosig, mit blondem, lockigem Haar, einem bartlosen Kinn, den kleinen Ohren, welche die eines Mädchens hätten sein können, die blauen Augen groß und ruhelos. Sein ganzes Antlitz war mal von einem sanften, mal von einem wilden Ausdruck beherrscht, doch handelte es sich um eine Sanftheit und Wildheit, die von einer immerwährenden, fast grausamen Ironie abgeschwächt wurden. Der Kopf saß stolz auf dem kräftigen Hals; die Schultern waren nicht grob und quadratisch, sondern reizvoll geschwungen; der muskulöse Körper, der unter der eng anliegenden, weißen, österreichischen Offiziersuniform vieles erahnen ließ, erinnerte an die römischen Statuen der Gladiatoren.

Es war diesem Leutnant, der erst vierundzwanzig Jahre alt war – zwei Jahre älter als ich – gelungen, das beträchtliche, vom Vater geerbte Vermögen durchzubringen, und nachdem er weiterhin spielte, Frauen bezahlte und das herrschaftliche Leben in vollen Zügen genoss, wusste inzwischen keiner mehr, wovon er eigentlich lebte; doch niemand übertraf ihn im Schwimmen, Turnen oder Ringen. Er hatte noch nie die Gelegenheit gehabt, im Krieg zu kämpfen und liebte es nicht, sich zu duellieren. Zwei Offiziere erzählten mir eines Abends sogar, dass er schon mehrfach schlimme Beleidigungen geschluckt habe, bloß um sich nicht schlagen zu müssen. Stark, schön, pervers, feig – er gefiel mir. Ich ließ es ihn nicht merken. Ich fand Vergnügen daran, diesen Herkules zu reizen und zu quälen.

Venedig, das ich nie zuvor gesehen und doch so sehr ersehnt hatte, sprach mehr meine Sinne an als meinen Geist. Die Denkmäler, deren Geschichte ich nicht kannte und deren Schönheit ich nicht bemerkte, waren für mich weniger wichtig als das grüne Wasser, der Sternenhimmel, der silberne Mond, die goldenen Sonnenuntergänge und, vor allem, die schwarze Gondel, in der ich liegend mich den wollüstigsten Eingebungen meiner Fantasie überließ. In der drückenden Julihitze, nach einem sengenden Tag, streichelte mir ein kühles Lüftchen über die Stirn, wenn ich in der Barke zwischen der Piazzetta und der Insel Sant' Elena oder noch weiter in Richtung Sant' Elisabetta und San Nicolò del Lido fuhr. Dieser von herbem Salzduft durchtränkte Zephir, der meinen Geist und meine Glieder belebte, schien mir die glühendsten Geheimnisse der wahren Liebe ins Ohr zu flüstern. Ich tauchte meine nackten Arme bis zum Ellenbogen ins Wasser, wobei das Spitzenband, welches den kurzen Ärmel schmückte, nass wurde, und beobachtete, wie ein Tropfen nach dem anderen, reinsten Brillanten, gleich von meinen Nägeln perlte. An einem Abend streifte ich einen Ring von meinem Finger, ein Geschenk meines Gatten, auf dem ein großer Diamant strahlte, und warf ihn, weit von der Barke, in die Lagune: Ich hatte das Gefühl, mich mit dem Meer zu vermählen.

Die Gemahlin des Statthalters wollte mich eines Tages in die Akademie der Schönen Künste führen: Ich verstand so gut wie nichts davon. Später habe ich durch die Reisen und die Vorträge der Maler ein paar Dinge gelernt (einer, der so schön wie Raffaele Sanzio war, wollte mir um jeden Preis das Malen beibringen); doch obgleich ich damals nichts wusste, waren die Fröhlichkeit der Farben, der Wohlklang von Rot, Gelb, Grün, Blau und Weiß, diese gemalte Musik mit all der Feurigkeit sinnlicher Liebe in meinen Augen nicht Kunst, sondern vielmehr ein Teil der venezianischen Natur. Und vor der goldenen *Assunta* Tizians, dem pompösen *Gastmahl* Veroneses und den glänzenden, fleischig-sinnlichen Figuren Bonifacios kamen mir die Lieder in den Sinn, welche ich das ungenierte Volk hatte singen hören.

Mein Gatte rauchte, schnarchte, schimpfte über Piemont und kaufte Pomaden: Ich bedurfte der Liebe.

So also begann meine schreckliche Leidenschaft für den Alcide, den Adonis in weißer Uniform, der einen Namen trug, der mir nicht gefiel – Remigio. Ich pflegte jeden Morgen in die Badeanstalt Rima zu gehen, die zwischen den Gärten des Palazzo Reale und der Landspitze der Dogana liegt. Ich hatte für eine Stunde, von sieben bis acht Uhr, eine *Sirena*, eines der Damenbecken gemietet, groß genug, um darin einige Schwimmzüge zu machen. Meine Zofe kam mit mir, um mich aus- und anzukleiden. Da sonst niemand Zutritt hatte, war ich nicht darum besorgt, ein Badekleid anzuziehen. Das Becken, welches rundum von Holzwänden umschlossen und von einem Zelt aus grauem Tuch mit breiten, roten Streifen überdacht war, hatte einen Bretterboden in solcher Tiefe, dass klein gewachsene Frauen nur mit dem Kopf aus dem Wasser ragten. Bei mir aber blieben sogar die Schultern unbedeckt.

Oh, das schöne, klare, smaragdene Wasser, durch das ich die Bewegungen meiner Glieder bis hinunter zu den zierlichen Füßen sah! Manchmal waren auch ein paar silberne Fischlein in dem Becken. Ich schwamm, soweit die *Sirena* reichte, schlug das Wasser mit den flachen Händen, bis die weiße Gischt das durchsichtige Grün bedeckte; ich legte mich auf den Rücken, ließ mein langes Haar ins Wasser gleiten und versuchte einen Augenblick lang, bewegungslos vom Wasser getragen zu werden; ich bespritzte die Zofe, die davonlief; ich lachte wie ein kleines Mädchen. Viele breite Öffnungen in der Lattenwand direkt unter dem Wasserspiegel ließen das Wasser ein- und ausströmen, und durch die Ritzen in den undichten Wänden konnte man, wenn man das Auge dicht daran hielt, nach draußen sehen – zum roten Campanile von San Giorgio, zum Saum der Lagune, wo die Boote vorbeiglitten und zu einem schmalen Streifen der Militärbadeanstalt, die sich in der Nähe meiner *Sirena* befand.

Ich wusste, dass jeden Morgen um sieben Uhr mein Leutnant Remigio dorthin zum Schwimmen ging. Im Wasser war er ein wahrer Held. Köpflings sprang er von der Höhe in die Fluten, tauchte nach einer Flasche auf dem Meeresgrund, schwamm unter den Kabinen hindurch. Was hätte ich darum gegeben, ihm zuschauen zu können. So sehr entzückten mich seine Behändigkeit und seine Kraft.

Eines Morgens, während ich einen kleinen, blauen Fleck auf der rosig-weißen Haut meines Schenkels betrachtete (vielleicht hatte ich mich gestoßen), hörte ich von draußen ein Geräusch, als schwämme dort jemand mit schnellen Schlägen. Das plötzlich bewegte Wasser und die kühlen Wellen riefen in meinen Gliedern einen Schauer hervor. Schon tauchte in der *Sirena* ein männliches Wesen auf, das durch eine breite Öffnung zwischen Lattenboden und Wand hereingekommen war. Ich schrie nicht, ich erschrak nicht. Sein Körper schien aus Marmor, so weiß und schön; sein weiter, breiter Brustkorb wogte vom tiefen Atmen und seine blauen Augen strahlten. Aus dem blonden Haar fielen die Tropfen gleich einem glänzenden Perlenregen. Aufrecht stehend, halb vom noch zitternden Wasser umschleiert, hob er die kraftvollen, glatten Arme. Er schien den Göttern danken und sagen zu wollen: »Endlich«.

So begann unsere Liebesgeschichte. Von da an sah ich ihn beim Spazierengehen, im Kaffeehaus oder im Restaurant, wohin mein Gatte, der Gefallen an ihm fand, ihn häufig einlud. Ich traf ihn auch heimlich und sehr bald sahen wir uns sogar jeden Tag. Oft waren wir eine oder zwei Stunden allein, während der Conte zwischen Mittag- und Abendessen schlief oder durch die Stadt schlenderte. Danach verbrachten wir zwei oder drei Stunden gemeinsam in einer Gesellschaft, wo wir uns hin und wieder einen flüchtigen Händedruck geben konnten. Manchmal trat er mich heimlich mit dem Fuß und nicht selten tat er mir dabei so weh, dass ich heftig errötete. Doch gerade das gefiel mir. Nie war ich den Leuten und mir selbst so schön erschienen, nie war ich so gesund und fröhlich und zufrieden mit mir, mit dem Leben, mit allem und jedem. Der Korbstuhl, auf welchem ich mich auf der Piazza San Marco niederließ, wurde zu meinem Thron. Mir war, als würde das Militärorchester, welches vor den Procuratie Vecchie spielte, die Straußwalzer und Meyerbeermelodien allein mir widmen. Der blaue Himmel und die alten Bauten schienen sich an meiner Zufriedenheit zu ergötzen.

Der Ort unserer Begegnungen war nicht immer der Gleiche. Manchmal erwartete mich Remigio in einer geschlossenen Gondel am schmutzigen Ufer einer langen, dunklen Gasse, welche auf einen schmalen Kanal stieß, zwischen Häusern, die so krumm und windschief waren, dass sie fast einzufallen drohten, und aus deren Fenstern bunte, lumpige Wäsche hing. Manchmal, wenn wir jede Vorsicht außer Acht ließen, stiegen wir auch mitten in der Stadt in die Barke. Das Gesicht hinter einem dichten, schwarzen Schleier verborgen, ging ich zu ihm in ein Haus, neben der San-Sepolcro-Kaserne, im Dunkel der gewundenen Treppe, vorbei an Offizieren und Soldaten, die mich nicht durchließen, ohne mich von ihrer Galanterie zu überzeugen. In jenem Haus, wo die Sonne nie hinkam, verband sich Modergeruch mit ekelhaftem Tabaksgestank, der in den nie gelüfteten Zimmern stand.

Dieser Winkeladvokat Gino ist mir lästig. Er schaut mich mit entgeisterten Augen an, die mich oft zum Lachen, aber auch zum Schaudern bringen. Er sagt, dass er nicht mehr ohne ein freundliches Wort von mir leben könne; er fleht, weint, schluchzt und sagt immer wieder: »Contessa, erinnern Sie sich an damals, als Sie sich auf der Schwelle umwandten und mit ihrer Engelsstimme sagten: ›Hofft‹« Und er beharrt, fleht erneut um Erbarmen, schluchzt und weint. Ich kann das nicht mehr hören, vor ein paar Tagen überließ ich ihm meine Hand. Er küsste sie mehrmals so heftig, dass sich eine Zeit lang rote Flecke auf der Haut abzeichneten. Kurzum, ich bin es leid; gestern verlor ich die Geduld und schrie, er solle mich endlich in Frieden lassen und es nicht mehr wagen, einen Fuß in mein Haus zu setzen und dass ich ihn, so er sich nochmals erkühne, mir unter die Augen zu treten, von den Dienern hinauswerfen lassen und alles dem Conte erzählen würde. Der kleine Advokat erblasste so sehr, dass seine schwarzen Augen wie Löcher in einer Gipsmaske schienen; er erhob sich schwankend vom Kanapee und ging fort, ohne mich anzusehen. Er wird wiederkommen, sicher, ich könnte darauf wetten. Aber ist es denn möglich, dass es für mich tatsächlich kein anderes Mittel gibt, meine Gefühle zu bewegen, als das der Erinnerung an einen Mann, dessen gemeine Niedertracht ich trotz meiner wilden Leidenschaft zu ihm in ihrem vollen Ausmaß erkannte?

Remigio bat mich hin und wieder um Geld. Anfangs mit umständlichen Erklärungen: Einmal war es eine Spielschuld, dann ein Essen für seine Kameraden, das er aus irgendeinem Grund geben musste; er werde mir den Betrag in wenigen Tagen zurückgeben. Schließlich bat er mich ohne Umstände mal um hundert, mal um zweihundert Gulden. Einmal verlangte er sogar eintausend Lire. Ich gab sie ihm mit Freude. Ich hatte meine eigenen Ersparnisse, außerdem war mein Gatte mir gegenüber so großzügig, er freute sich sogar, wenn ich ihn um etwas bat. Bis zu dem Augenblick, als ich ihm zu verschwenderisch erschien. Ich war beleidigt, heftig erzürnt, doch er, der sonst so Gutmütige und Nachgiebige, blieb einen ganzen Tag lang hart.

Remigio brauchte dringend zweihundertfünfzig Gulden. Er streichelte mich, sagte mir viele zärtliche Worte mit einer Stimme von so glühender Liebe, dass ich selig war, ihm eine Brillantennadel schenken zu können, welche, wenn ich mich recht entsinne, vierzig Gold-Napoleons gekostet hatte.

Tags darauf kam Remigio nicht zu unserer Verabredung. Eine Stunde lang war ich die Gässchen hinter der Rialtobrücke auf und ab gegangen; die Leute schauten mir neugierig und boshaft nach, von allen Seiten kamen mir Spötteleien zu Ohren, bis ich schließlich tiefrot vor Scham und mit vor Wut tränengefüllten Augen die Hoffnung aufgab, meinen Geliebten hier noch zu treffen und wie von Sinnen, ganz außer Atem, bei der Vorstellung,

Gott weiß welches Unglück ihm zugestoßen sein mochte, zu seiner Wohnung lief. Sein Bursche war gerade damit beschäftigt, den Säbel zu polieren und sagte mir, dass auch er den Leutnant seit dem Vortag nicht mehr gesehen habe.

»Die ganze Nacht außer Haus?«, fragte ich, da ich nicht recht verstand. Der Soldat nickte pfeifend mit dem Kopf.

»Um Gottes willen, erkundigen Sie sich doch schnell nach ihm! Vielleicht ist ihm ein Unglück zugestoßen, vielleicht ist er verletzt, vielleicht getötet worden!«

Der Soldat zuckte grinsend mit den Schultern.

»So antworten Sie mir doch, wo ist Ihr Herr?«

Ich hatte den Soldaten, der immer noch lachte, bei den Armen gepackt und schüttelte ihn heftig. Er kam mit seinem Schnurrbart dicht an mein Gesicht; ich schreckte zurück, rief aber erneut: »Um Himmels willen, so antworten Sie doch!«

Schließlich brummelte er: »Abendessen mit

der Gigia oder der Cate oder der Nana oder mit allen dreien. Wenn das ein Unglück ist?! Ha, ha!«

Damals begriff ich, dass Remigio mir alles bedeutete. Das Blut stockte mir, ich fiel fast ohnmächtig auf das Bett im dunklen Zimmer, und wenn er nicht im selben Augenblick auf der Schwelle erschienen wäre, dann hätte der Ansturm von Argwohn und Zorn mein Herz zerrissen. Ich war bis zum Wahnsinn eifersüchtig; ich hätte aus Eifersucht ein Verbrechen begehen können.

Ich liebte an diesem Mann sogar seine Gemeinheit. Wenn er ausrief: »Ich schwöre Dir, Livia, ich werde nie eine andere Frau als Dich lieben und umarmen!«, so glaubte ich ihm; und während er vor mir kniete, betrachtete ich ihn hingebungsvoll, als wäre er ein Gott. Wenn mich jemand gefragt hätte: »Möchtest Du, dass Remigio ein Leonidas wird?«, so hätte ich geantwortet: »Nein«. Was hätte mir an einem Helden gelegen? Im Gegenteil, die vollkommene Mannestugend wäre mir fade und verächtlich erschienen im Vergleich zu seinen Lastern; seinen Mangel an Treue, Ehrlichkeit, Zartgefühl und Haltung nahm ich als Zeichen einer verborgenen, aber starken Kraft, der ich mich mit Freude und Stolz als Sklavin unterwarf. Je niederträchtiger sein Herz, umso schöner erstrahlte sein Körper.

Zweimal nur und da jeweils nur für einen kurzen Moment hatte ich ihn mir anders ersehnt. Wir spazierten eines Tages an einem Kanal gegenüber der Umfassungsmauer des Arsenals entlang. Der Vormittag war heiter und voll blendenden Sonnenscheins. Zur Linken ragten die hohen Rauchfänge, geformt wie umgestülpte Glocken, in die tiefblaue Luft, die weißen Fensterrahmen und die roten Dächer glänzten; zur Rechten verlief streng und verschlossen die lange Hafenmauer der Werft. Die Augen ruhten sich vom grellen Licht in den dunklen Schatten der überdachten Durchgänge und engen Gassen aus; das Wasser schimmerte in allen Grüntönen, spiegelte alle Farben wider und wurde in manchen verlorenen Ecken und Winkeln tiefschwarz.

Auf dem Kai, der zum Wasser hin kein Geländer hatte, liefen und sprangen zehn bis zwölf laut kreischende Kinder herum. Eines der kleineren, ein etwas dicklicher Junge mit blonden Löckchen, die sein rosiges, pausbackiges Gesicht umspielten, war fast nackt und machte einen Heidenlärm, indem er den anderen Kopfnüsse gab, sie erst kniff und dann wie der Blitz davonrannte.

Ich blieb stehen, um ihnen zuzusehen, während mir Remigio von früheren, großartigen Taten erzählte. Plötzlich konnte der kleine Teufelsbub in seinem wilden Gerenne am Rand des Kais nicht mehr rechtzeitig anhalten und fiel in den Kanal. Man hörte einen Schrei, ein Platschen, und sogleich erhob sich auch schon das ohrenbetäubende Geschrei der anderen Kinder und der Frauen, die zuvor auf der Straße geplaudert oder zu den Fenstern hinausgeschaut hatten; all diesen Lärm übertönte das hohe, verzweifelte, herzzerreißende Wehklagen der jungen Mutter, die sich Remigio, dem einzigen anwesenden Mann, zu Füßen warf und flehte: »Retten Sie ihn, um Himmels willen, retten Sie ihn!« Aber Remigio erwiderte mit eisiger Kälte: »Ich kann nicht schwimmen.« Inzwischen war einer der größeren Knaben ins Wasser gesprungen, er packte den Kleinen bei den blonden Locken und zog ihn heraus. Augenblicklich verwandelte sich das Geschrei in brausenden Applaus; Frauen und Kinder weinten vor Freude; die Leute kamen von allen Seiten herbeigelaufen und der kleine blonde Putto schaute, erstaunt über den ganzen Lärm, mit seinen großen, blauen Augen um sich. Remigio zog mich mit einem heftigen Ruck von der Menge fort.

Die andere Begebenheit, bei der mir mein Geliebter missfiel, verlief folgendermaßen: Er wurde im Caffè Quadri, als er laut auf Deutsch mit einigen Tiroler Beamten schwatzte, gehört, wie er schlecht von den Venezianern sprach. Ein Herr, der in einer Ecke saß, sprang vom Stuhl, pflanzte sich vor ihm, der in Uniform war, auf und rief: »Du miserabler Soldat«, und dann schleuderte er ihm drei oder vier seiner Visitenkarten ins Gesicht, worauf ein Tumult entstand. Am folgenden Tag mussten die Sekundanten das Duell vorbereiten; doch Remigio, der bemerkt hatte, dass sein Gegner kleinwüchsig, schmächtig und zartgliedrig war, lehnte sowohl die Pistole als auch den Degen ab, und da die Wahl der Waffe beim Herausgeforderten liegt, bestand er, sich seiner Armeskraft sicher wähnend, auf dem Säbel. Der Venezianer beugte sich dieser anmaßenden Forderung. Doch bevor das Duell stattfand, wurde er verhaftet und Remigio erhielt den Befehl, sich sofort zu einem neuen Standort in Kroatien zu begeben.

Als ich davon erfuhr, fiel ich in Verzweiflung. Ich konnte ohne diesen Mann nicht leben. Ich drängte so lange bei der Frau des Statthalters und mein Mann, auf mein Bitten, beim Gouverneur und bei den Generälen, bis Remigio eine Versetzung nach Trient erhielt, wohin der Conte und ich gerade in diesen Tagen zurückkehren sollten. Alles war bis dahin nach dem Willen meiner blinden Leidenschaft verlaufen.

Seit drei Monaten habe ich mein Tagebuch nicht mehr vorgenommen. Ich habe nicht gewagt, es mit auf die Reise zu nehmen und offen gesagt, es schmerzte mich, es in Trient gelassen zu haben.

Wenn ich mir die Ereignisse der Vergangenheit in Erinnerung rufe, beginnt mein Herz zu pochen und ich fühle einen warmen Hauch von Jugend um mich wehen. Meine Aufzeichnungen lagen wohl verwahrt im dreifach verschlossenen Geheimfach hinter dem Alkoven in meinem Schlafzimmer. Auf den großen, mit fünf Siegeln verschlossenen Umschlag hatte ich vor der Abreise geschrieben: *Ich überantworte der Ehrenhaftigkeit meines Gatten diese Papiere, die er nach meinem Tod verbrennen möge, ohne die Siegel zu brechen.* Ich reiste in völliger Ruhe ab: Ich war sicher, dass der Conte, selbst wenn er einen Verdacht hegte, den Wunsch seiner Frau getreu erfüllen würde.

Soeben erfahre ich von meiner Zofe eine Neuigkeit, welche mich anwidert: Gino, der kleine Advokat, heiratet.

Das ist die Beharrlichkeit der Männer, die Zuverlässigkeit der Leidenschaften! »Contessa Livia, ich sterbe, ich bringe mich um, Ihr Bild wird nur mit dem letzten Blutstropfen aus meinem Herzen scheiden! Treten Sie mich wie einen Sklaven, aber erlauben Sie mir, Sie wie eine Göttin anzubeten.« Sätze aus einem Melodram. Nach einigen Monaten ist alles vergessen. Liebe, Raserei, Schwüre, Tränen, Seufzer, nichts mehr davon! Eklige Menschennatur! Und doch, beim Anblick dieser schwarzen Augen in diesem blassen Gesicht war mir, als leuchtete darin die tiefste Aufrichtigkeit der leidenschaftlichen Seele. Wie stammelten doch diese Lippen, wie pochten die Adern und zitterten die Hände – und wie demütig warf er sich zu meinen Füßen! Dieser schmierige Winkeladvokat verdiente wahrhaft den Fußtritt, den er von mir bekommen hatte. Lümmel!

Wen heiratet er denn? Eine kleine Gans von achtzehn, die ihre Eltern nicht in mein Haus einführen wollten, da man ja weiß, dass die Contessa Livia allzu galant ist. Ein fades Ding mit zwei roten Apfelbäckchen, mit kurzen, dicken, roten Händen und Füßen wie ein

Stallknecht und der Impertinenz einer Scheinheiligen, die Trost zu spenden vorgibt. Und der Mann, der diese Pute zur Frau nimmt, hat es gewagt, mich zu lieben und mir dies auch noch zu sagen! Mir glühen die Wangen …

Mein Offizier von damals, sechzehn Jahre liegt es nun zurück, war zwar kein großer, aber doch ein echter Mann. Er fasste mich um die Taille und erdrückte mich fast, er biss mich in die Schultern, bis es blutete.

Es verbreiteten sich die ersten Kriegsgerüchte, dann die üblichen, widersprüchlichen Nachrichten und Dementi. Erst war von Mobilmachung die Rede und dann wieder doch nicht; ja, nein. Eine gewisse fieberhafte und zugleich geheimnisvolle Geschäftigkeit übertrug sich vom Militär auf die Zivilbevölkerung. Die Eisenbahnzüge begannen sich zu verspäten, sie transportierten immer mehr Soldaten, Pferde, Fahrzeuge und Kanonen, während die Zeitungen nicht müde wurden, auch nur den Schatten eines Kriegsverdachts abzuleugnen. Ich achtete nicht auf das, was ich sah und glaubte blindlings den Zeitungen, so sehr schreckte mich jeder Gedanke an einen Krieg. Ich fürchtete um das Leben des Geliebten oder zumindest die lange Trennung, die jene Ereignisse für uns beide bedeuten könnten. Am letzten Tag im März erhielt Remigio den Befehl, sich nach Verona zu begeben. Vor seiner Abreise bekam er zwei Tage Urlaub, die wir, ohne uns auch nur einen Moment aus den Augen zu lassen, in einem ärmlichen Gasthaus am Cavedine-See verbrachten. Er schwor, mich sehr bald zu besuchen, und ich schwor, zu ihm nach Verona zu kommen, falls er sich von dort nicht entfernen dürfe. Bei der letzten Umarmung ließ ich ihm eine Börse mit fünfzig Gulden in die Tasche gleiten.

Zehn oder zwölf Tage nach Remigios Abreise fand mich der Conte, der vom Land zurückkehrte, abgemagert und blass vor. Ich war auch wirklich sehr leidend. Manchmal schoss mir das Blut in den Kopf und mir wurde schwindlig, sodass ich mich drei- oder viermal schwankend an der Wand oder an einem Möbel festhalten musste, um nicht umzufallen. Die Ärzte, welcher mein beunruhigter Gatte sogleich konsultierte, zuckten nur mit den Achseln und sagten immer wieder: »Das sind die Nerven«; sie rieten mir, mich zu bewegen, zu essen, zu schlafen und fröhlich zu sein.

Inzwischen war es Mitte April und die Kriegsvorbereitungen konnten nicht mehr geheim gehalten werden: Die Straßen waren voll von Militärs jeder Art; die Bataillone marschierten beim Klang der Trommeln; die Feldadjutanten flogen auf ihren Pferden vorüber, die alten Generäle, etwas krumm im Sattel sitzend, trabten im Schritt, gefolgt von ihrem Stab, der kühn und glanzvoll seine Volten ritt. Diese Vorbereitungen versetzten mich in regelrechte Angstzustände. Italien wollte alle Österreicher niedermetzeln. Garibaldi mit seinen roten Teufelshorden wollte allen, die ihnen in die Hände gerieten, die Kehle durchschneiden: Es kündigte sich ein Blutbad an.

Ich war außer mir vor Zorn: Aus Verona hatten mich in sechs Wochen nur vier Briefe erreicht. Auf die Post konnte man nicht mehr zählen.

Man musste jemandem, der bereit war, die Hindernisse und endlosen Verzögerungen der Reise auf sich zu nehmen, und der den Mut hatte, sich in dieser Zeit überhaupt von einem Ort zum anderen zu begeben, bittend und zahlend die Briefe anvertrauen. Ich ertrug die bedrückende Angst nicht mehr, in welche mich Tag und Nacht das beabsichtigte oder unfreiwillige Schweigen Remigios versetzte und hatte beschlossen, selbst zu ihm zu reisen. Doch wie sollte ich das anstellen, ohne dass mein Mann davon erfuhr? Ich als junge, schöne Frau allein unter den rohen Soldaten, welche durch die gelockerte Disziplin und mit dem Gedanken an die ihnen bevorstehenden Gefahren noch kühner geworden waren.

Eines Tages bei Morgengrauen war ich nach einer Nacht voll rasender Unruhe eingeschlummert, als ich plötzlich von einem Geräusch geweckt wurde. Ich öffnete die Augen, neben mir stand Remigio. Ich glaubte zu träumen.

Die Morgensonne erhellte bereits mit einem schwachen, rötlichen Schein das Zimmer. Ich sprang aus dem Bett, zog die Vorhänge des Alkovens zu und wir begannen leise miteinander zu reden. Ich war unruhig: Der Conte, der zwei Zimmer weiter schlief, hätte uns hören können. Die Dienstboten hatten vielleicht gesehen, wie mein Geliebter heimlich zu dieser Stunde ins Haus gekommen war. Er beruhigte mich mit wenigen, ungeduldigen Worten: Er hatte, wie auch andere Male schon, an das Fenster im Parterre geklopft, wo die Zofe schlief; diese hatte ihm ganz leise die Tür geöffnet und so war er hereingekommen, ohne dass jemand Verdacht hätte schöpfen können. Die Zofe kümmerte mich nicht, da sie ohnehin alles wusste. Das Schwierigste war, wieder aus dem Haus hinauszukommen: Es musste schnell gehen. Ich sprang wieder aus dem Bett, lauschte an der Tür meines Gatten: Er schnarchte.

»Du bleibst doch in Trient, nicht wahr?«
»Bist du verrückt?«
»Wenigstens ein paar Tage.«
»Das ist unmöglich.«
»Einen nur?«

»Ich fahre in einer Stunde.«

Ich war wie niedergeschmettert; mein Herz, das vor einer Minute noch voll früher Hoffnungen gewesen war, überkam Angst und Schrecken.

»Und versuch nicht, mich zurückzuhalten. In Kriegszeiten kennt man keinen Spaß.«

»Hör, kannst du nicht fliehen, kannst du dich nicht verstecken? Ich helfe dir, ich will nicht, dass dein Leben in Gefahr ist.«

»Kindereien! Man würde mich entdecken, mich fassen und als Deserteur erschießen.«

»Erschießen?«

»Ich brauche dich.«

»Mein Leben, alles, was du willst, gebe ich dir!«

»Was ich jetzt brauche, sind zweitausendfünfhundert Gulden.«

»Gott, wie soll ich das machen?«

»Willst du mich retten?«

»Um jeden Preis.«

»Dann hör zu. Für zweitausendfünfhundert Gulden werden mir die Ärzte der Brigade ein reguläres Krankheitsattest ausstellen und mich hin und wieder visitieren, um beim Kommando irgendeine Krankheit, die mich dienstuntauglich macht, zu bestätigen. Ich werde nicht degradiert, verliere nicht meinen Sold, vermeide jede Gefahr und kann ruhig zu Hause bleiben. Ich werde zwar etwas hinken wegen eines bösartigen Ischias oder einer Knochenverletzung am Bein, aber doch still vergnügt leben können. Ich werde irgendeinen kleinen Beamten zum Kartenspielen finden, ich werde trinken und des Nachts kann ich mich, wenn auch vorsichtshalber immer ein wenig hinkend, doch austoben. Gefällt dir das nicht?«

»Es würde mir gefallen, wenn du in Trient wärest. Ich würde täglich zu dir kommen, zweimal am Tag. Wenn man dich schon für krank hält, ist es nicht das Gleiche, ob du in Verona oder in Trient bist?«

»Nein, die Militärvorschriften verlangen, dass der kranke Soldat sich an seinem Standort aufhält, unter ständiger und gewissenhafter Beobachtung durch die Ärzte. Doch sobald der Krieg zu Ende ist, kehre ich hierher zurück. Der Krieg wird heftig, aber kurz sein.«

»Wirst du mich immer lieben, mir immer

treu bleiben und keine andere Frau anschauen, schwörst du es mir?«

»Ja, ich schwöre es; aber die Zeit drängt und ich brauche die zweieinhalbtausend Gulden.«

»Sofort?«

»Sicher, ich muss sie jetzt mitnehmen.«

»Aber hier in meinem Schließfach habe ich höchstens 50 Gold-Napoléons, ich habe nie viel Geld im Haus.«

»Also treib es auf.«

»Wie soll ich das machen, ich kann doch nicht zu dieser Tageszeit meinen Mann darum bitten. Und unter welchem Vorwand und zu welchem Zweck?«

»Die Liebe erkennt man an der Opferbereitschaft. Du liebst mich nicht.«

»Ich soll dich nicht lieben? Ich, die ich den letzten Blutstropfen für dich opfern würde!«

»Das sind leere Worte. Wenn du kein Geld hast, gib mir den Schmuck.«

Ich antwortete nicht und fühlte, wie ich erbleichte. Remigio, der bemerkt hatte, wie sehr mich seine Worte erschreckt hatten, umschloss mich mit seinen stählernen Armen und wiederholte mehrmals in verändertem Tonfall:

»Du weißt, dass ich dich unendlich liebe, meine Livia, und dich bis zum letzten Atemzug lieben werde, aber rette mir mein Leben, ich beschwöre dich, rette es für dich, wenn du mich liebst.«

Er nahm meine Hände und küsste sie. Er hatte mich schon gewonnen. Ich ging zum Schreibtisch, um die drei kleinen Schlüssel des Geheimfaches zu holen; ich ging auf Zehenspitzen, obgleich ich barfuß war, da ich dennoch fürchtete, Lärm zu machen. Remigio kam mit mir in das Kabinett hinter dem Alkoven. Ich schloss die Tür, damit der Conte nichts hörte, und nachdem ich das Geheimfach mit vor Aufregung zitternden Händen schließlich geöffnet hatte, holte ich eine ganze Garnitur Brillanten heraus und flüsterte:

»Hier, nimm. Sie haben fast zwölftausend Lire gekostet. Wirst du sie verkaufen können?«

Remigio nahm mir das Kästchen aus der Hand, betrachtete den Schmuck und sagte:

»Wucherer gibt es überall.«

»Es wäre ein Jammer, ihn billig zu verkaufen. Sieh zu, dass du ihn wieder einlösen kannst.

Mir blutet das Herz. Vor allem das Diadem stand mir doch so gut.«
»Und das Geld, gibst du es mir?«, fragte Remigio. »Es wäre mir dienlich.«
Ich suchte im Geheimfach das Häufchen der Goldstücke und gab sie ihm, ohne sie zu zählen. Er küsste mich und wollte davoneilen. Ich hielt ihn fest. Mit einer ungeduldigen Bewegung stieß er mich zurück und sagte:
»Wenn dir an meinem Leben liegt, dann lass mich gehen!«
»Sei leise, merkst du nicht, dass die Stiefel knarzen! Warte, ich muss sehen, ob die Zofe da ist, sie muss dich hinausbegleiten.«
Die Zofe wartete bereits im nächsten Zimmer.
»Wirst du mir gleich schreiben?«
»Ja.«
»Jeden zweiten Tag?«
Ich wollte meinem Geliebten, dem ich so heiß zugetan war, einen letzten Kuss geben: Aber er war schon verschwunden.

Ich öffnete die Fenster und schaute hinaus auf die Straße. Die Sonne vergoldete die hohen

Gipfel der Berge. Vor dem Eingangstor unterhielten sich der Stallknecht und der Küchenjunge. Sie schauten herauf und sahen mich. Und dann sahen sie, wie Remigio mit vollgestopften Taschen hastig das Haus verließ.

Ich kehrte ins Bett zurück und weinte den ganzen Tag: Meine Lebenskräfte waren erschlafft. Am nächsten Morgen stellte der Arzt fest, dass ich glühte und starkes Fieber hatte; er verschrieb mir Chinin, welches ich aber nicht nahm: Ich wäre am liebsten gestorben. Eine ganze Woche nach Remigios Besuch brachte mir die Zofe in ihrer gewohnten Gemütsruhe einen Brief, den ich ihr, kaum dass ich ihn erblickte, aus der Hand riss: Wie ich geahnt hatte, war er von ihm. Der Erste seit seiner Abreise. Ich begann, ihn mit so rasender Gier zu lesen, dass ich, ans Ende gelangt, wieder von vorne anfangen musste: Ich hatte nichts davon begriffen. Ich erinnere mich heute noch an jedes Wort, so oft habe ich den Brief gelesen und so oft wurde ich durch die schrecklichen Ereignisse, die folgten, an ihn erinnert.

Meine angebetete Livia,
Du hast mir das Leben gerettet. Ich habe das Schmuckkästchen irgendeinem Salomon verkauft. Offen gestanden, für wenig. Doch in dieser Zeit des Schreckens und Durcheinanders konnte man nicht mehr verlangen. Zweitausend Gulden, welche ausreichten, den nimmersatten Bauch der Ärzte zu füllen. Bevor ich erkranken musste, habe ich ein schönes Zimmer am Etschufer in der Via Santo Stefano Nr. 147 (schreib mir an diese Adresse) gefunden; es ist groß, sauber, mit einem eigenen Vorzimmer, das direkt auf die Treppe führt; ich habe mich mit Tabak, Rum, Spielkarten und mit allen Bänden Paul von Kochs und Alexandre Dumas' eingedeckt. Es fehlt mir nicht an netter Gesellschaft, nur männlicher (sei nicht eifersüchtig), lauter Schmarotzer, und wenn ich nicht hinken müsste und tagsüber aus dem Haus könnte, würde ich mich als der glücklichste Mensch der Welt preisen. Sicher, etwas fehlt mir, nämlich Du, liebe Livia, die ich anbete und Tag und Nacht in meinen Armen halten möchte. Mach Dir keine Sorgen. Ich werde die Kriegsberichte beim Pfeifenrauchen lesen und je mehr Italiener und Österreicher zur Hölle fahren, umso mehr werde ich es genießen. Liebe mich im-

mer, so wie ich Dich liebe. Sobald der Krieg zu Ende ist und die Ärzte, diese Hunde, die mich ein halbes Vermögen kosten, mich in Frieden lassen, werde ich zu Dir eilen, um Dich glühender denn je in die Arme zu schließen.

Dein Remigio

Der Brief hinterließ in mir ein Gefühl von Verwirrung und Ekel, denn er schien mir derb und banal. Doch bei längerer Überlegung überzeugte ich mich allmählich davon, dass er absichtlich in einem sorglosen und launigen Ton gehalten war und mein Geliebter sich mit grausamer, aber edelmütiger Anstrengung gezwungen hatte, sein ungestümes Herz zu zügeln, um nicht noch mehr Öl ins Feuer meiner Leidenschaft zu gießen und um mein Gemüt, das er in schrecklichem Aufruhr wusste, etwas zu beruhigen. Ich studierte den Brief Satz für Satz, Silbe für Silbe. Die anderen Briefe hatte ich alle kurz nach dem Erhalt verbrannt; diesen verwahrte ich in einem Täschchen meiner Geldbörse, um ihn öfter, wenn ich alleine war und die Tür meines Zimmers abgeschlossen hatte, hervorzuholen. Alles bestärkte mich in meinem wohlwollenden Glauben: Die Liebesbezeugungen schienen mir umso wahrer, je flüchtiger sie waren, und die groben und zynischen Zeilen wurden in meiner Vorstellung zu einem großmütigen Opfer. Ich bedurfte so sehr des Glaubens, dass meine Begierde durch die Begierde des anderen gerechtfertigt sei; und seine Feigheit erfüllte mich mit Begeisterung, weil ich glaubte, der Grund dafür zu sein. Doch meine entfesselten Gedanken begnügten sich nicht damit. Wer weiß, sagte ich mir, wer weiß, ob dieser Brief nicht ein einziger großherziger Betrug ist! Vielleicht ist er schon ins Feld eingerückt. Vielleicht steht er dem Feind längst gegenüber. Und ist aber mehr um mich als um sich selbst besorgt; um mich nicht in Angst und Schrecken umkommen zu lassen, schläfert er mich mit einer barmherzigen Lüge ein. Sobald sich dieser Gedanke in meinen Kopf geschlichen hatte, erfüllte er mich ganz und gar. Die Schlaflosigkeit, der Widerwille gegen das Essen und die gesundheitlichen Störungen trieben mich in den geistigen Zustand der Verzweiflung.

Ich lebte in fast vollkomener Einsamkeit. Mein Umgang hatte sich bereits mehr und mehr reduziert, da die vornehmen Familien Trients, die den politischen Ansichten des Conte abgeneigt waren, ihn und mich schon seit einiger Zeit mit geheuchelter Höflichkeit links liegen ließen; die jungen, von blühendem Patriotismus für Italien erfüllten Männer gingen uns unverhohlen aus dem Weg und hassten uns; die Landesbeamten, die nicht wussten, wie der Krieg ausgehen würde, vermieden es, unser Haus zu betreten, um sich in keiner Weise zu kompromittieren: Wir verkehrten also mit einigen österreichfreundlichen, abgebrannten und schmarotzenden Adligen, dem einen oder anderen hohen Tiroler Beamten, die meist grob und dickschädelig waren und nach Bier und schlechtem Tabak stanken. Die Soldaten hatten nun weder Muße noch Lust, sich mit mir zu beschäftigen. Mein Verhältnis mit dem Leutnant Remigio, von dem alle wussten außer meinem Gatten, hatte zu meiner Einsamkeit beigetragen, die mir in dem Gemütszustand, in welchem ich mich seit einiger Zeit befand, willkommen und sogar vonnöten war. Remigio hatte nach bewusstem Brief nicht mehr geschrieben. Ich sorgte mich wegen verschiedenster Gefahren, die mir umso schrecklicher erschienen, je weniger ich sie einschätzen konnte. Die Gewissheit der Gefahren einer Schlacht hätte ich vielleicht leichter ertragen, doch die Ungewissheit darüber, ob mein Geliebter in den Krieg eingezogen war oder nicht, machte mich ganz verrückt. Ich schrieb einem mir bekannten General in Verona, schrieb einem Oberst und einigen kleinen Offizieren, die mir in Venedig so eifrig den Hof gemacht hatten: Keiner antwortete. Ich bestürmte Remigio mit Briefen: Nichts.

Mittlerweile begannen die Feindseligkeiten. Im zivilen Leben gab es Einschränkungen: Eisenbahn und Straßen dienten nur noch dem Tross der Waffen, der Ambulanzen, der Proviantierung, den Bataillonen der Kavallerie, die in einer Staubwolke vorbeieilten, den schweren Geschützen, die die Häuser zum Beben brachten, den Infanterieregimentern, die sich eines nach dem anderen endlos vorüberwanden, wie ein Riesenwurm, der gleichsam die ganze Erde umschlingen wollte.

An einem schwülen, drückenden Morgen, es war der 26. Juni, kamen die ersten Nachrichten von einer entsetzlichen Schlacht: Österreich war besiegt, 10 000 Tote, 20 000 Verletzte, die Banner verloren. Verona gehörte noch uns, war aber, wie auch die anderen Festungen, die unter dem höllischen Ansturm der Italiener wankten, nahezu geschlagen.

Mein Gatte war auf dem Land und wollte eine Woche dort bleiben. Ich klingelte zornig nach der Zofe; aber sie kam nicht. Ich klingelte erneut, und endlich erschien der Diener an der Tür.

»Schlaft ihr denn alle? Ihr verdammten Faulpelze. Schick den Kutscher her, aber sofort«
Nach ein paar Minuten kam Giacomo, der sich erschrocken die Livree zuknöpfte.
»Wie viele Meilen sind es von hier nach Verona?«
Er dachte kurz nach.

»Also?«, fragte ich gereizt.

Giacomo rechnete:

»Von hier nach Rovereto, ungefähr vierzehn; von Rovereto nach Verona müssten es … ich weiß nicht genau … mit guten Pferden braucht man zehn Stunden, vielleicht ein bisschen mehr, vielleicht weniger, wenn man die Ruhepausen nicht mitzählt.«

»Bist du noch nie mit der Kutsche von Trient nach Verona gefahren?«

»Nein, Signora Contessa, nur von Rovereto nach Verona.«

»Egal. Von hier nach Rovereto, das weiß ich sehr wohl, braucht man zwei Stunden.«

»Zweieinhalb, verzeihen Sie, Signora Contessa.«

»Also zwei und zehn, macht zwölf Stunden insgesamt.«

»Sagen wir dreizehn, Signora Contessa, im schnellen Trab.«

»Wie viele Pferde hat der Conte mitgenommen?«

»Nur seine schwarze Stute.«

»Also sind noch vier im Stall.«

»Ja, Signora Contessa: Fanny, Candida, Lampo und der Hengst.«

»Kannst du sie alle vier anschirren?«

»Zusammen?«

»Ja, zusammen.«

Giacomo grinste mit dem Ausdruck gutmütigem Mitleids.

»Verzeihen Sie, Signora Contessa, das ist nicht möglich. Der Hengst …«

»Gut, dann schirr eben die anderen drei an.«

»Lampo ist auf einem Bein lahm, die arme Lampo, sie kann sich nicht einmal im Schritt fortbewegen.«

»Dann nimm eben in Gottes Namen wie immer Fanny und Candida!«, schrie ich, stampfte mit dem Fuß auf den Boden und fügte hinzu: »Morgen früh um vier Uhr.«

»Wie Sie befehlen, Signora Contessa. Verzeihen Sie, wohin geht es, wegen der Menge des Hafers, den ich mitnehmen muss?«

»Nach Verona.«

»Nach Verona, barmherziger Gott! In wievielen Tagen?«

»An einem Tag.«

»Signora Contessa, verzeihen Sie, aber das ist unmöglich.«
»Ich will es so, verstanden?«
Ich sagte dies in einem derart bestimmten Ton, dass der arme Mann kaum den Mut hatte zu stammeln:
»Haben Sie Erbarmen mit mir, wir werden die zwei Stuten zugrunde schinden und der Herr wird mich aus dem Haus jagen.«
»Die Verantwortung trage ich. Gehorche und denke an nichts Weiteres.« Dann gab ich ihm vier Gulden. »Wenn wir zurück sind, bekommst du das Doppelte, unter der Voraussetzung, dass du niemandem etwas sagst.«
»Darüber brauchen Sie sich keine Sorgen zu machen; aber die Hindernisse auf den Straßen, die Militärkarren, Kanonen, die Unverschämtheiten der Soldaten, die Schikanen der Gendarmerie?«
»Das überlass mir.«
Giacomo senkte ergeben den Kopf; überzeugt hatte ich ihn nicht.
»Wann werden wir in Verona ankommen?«
»Wann es der Himmel will, Signora Contessa, und es wird ein Wunder sein, wenn wir, Sie,

Signora Contessa, ich und die zwei armen Tiere lebend ankommen; auf mich kommt es nicht an, aber auf Sie und auf die Pferde!«
»Gut, um vier Uhr also – und Stillschweigen! Wenn du schweigst, bekommst du, was ich dir versprochen habe; wenn du redest, entlasse ich dich fristlos ohne Lohn. Verstanden? Alle, auch die Zofe, müssen in dem Glauben sein, wir führen nach San Michele zur Baronin Giulia.«

Giacomo verbeugte sich besorgt und ging aus dem Zimmer.

Beim Morgengrauen saß ich in der Kutsche und wir fuhren los. Ich hatte die Vorhänge der Wagenschläge zugezogen und beobachtete aus der Ecke die keuchenden und staubbedeckten Infanteristen, welche, da sie im Wagen eine wichtige Persönlichkeit vermuteten, an den Straßenrand wichen und militärisch grüßten.

Manchmal musste die Fahrt zu meinem heftigen Ärger verlangsamt oder gar unterbrochen werden, um einige Minuten zu warten, bis die schweren, knarrenden Karren den Weg freigaben. Ansonsten verliefen die Dinge sehr viel besser als Giacomo es vorausgesagt hatte. Eine berittene Polizeipatrouille hielt uns an, aber als der Sergeant nur eine Dame in der Kutsche entdeckte, begnügte er sich mit dem galanten Zuruf: »Gute Reise.« In Pieve, unterhalb von Rovereto, hielten wir an, um uns ein wenig zu erfrischen; in Borghetto, wo die erschöpften Stuten ausgespannt wurden, verbrachten wir gute drei Stunden, die mir wie drei Jahre vorkamen, während ich zusammengekauert in der Kutsche saß, die Klagen und Flüche der Soldaten hörte, die sich gruppenweise neben der Schänke auf die Erde fallen ließen, im spärlichen Schatten der mageren Bäume, um einen Kanten Brot zu essen und einen Schluck Wasser zu trinken. An die zehn Mal habe ich nach Giacomo gerufen, der mürrisch an den Wagenschlag herantrat, sich bemühte, Haltung zu zeigen, indem er den Hut abnahm und immer wieder sagte: »Signora Contessa, noch zehn Minuten.«

Endlich, in Gottes Namen, machten wir uns wieder auf den Weg. Die Etsch, an der wir entlangfuhren, war fast ausgetrocknet, die Felder wie verbrannt, die Straße flimmerte blendend, kein Wölkchen stand am blauen Himmel, die Wände der Kutsche glühten und mir war in dieser drückenden Hitze und in all dem Staub zum Ersticken zumute. Der Schweiß rann mir von der Stirn und ich trommelte vor Ungeduld mit den Füßen auf den Boden. Ich achtete nicht auf die Klause, ich hörte nur auf Giacomos Peitschenknall.

In Pescantina machten wir nochmals Rast: Die braven Tiere schleppten sich nur noch mühsam voran und bis Verona waren es noch zehn lange Meilen. Die Sonne war hinter einem feurigen Dunstschleier verschwunden. Überall nur Karren und Soldaten, Polizeipatrouillen, Staub und dazwischen der schrille und ohrenbetäubende Lärm der eisenbeschlagenen Räder, dann wieder ein wirres und ängstliches Gemurmel, aus dem man Stöhnen und Verwünschungen heraushörte und der Refrain irgendeines obszönen Liedes aus heiseren Kehlen. Bis jetzt waren wir mit dem Strom der Menschen und der Fahrzeuge vorangekommen, nun kamen uns hin und wieder Lazarettwagen entgegen oder Leichtverwundete zu Fuß, mit Armschlingen, verbundenen Köpfen, bleichen Gesichtern, gebeugt, hinkend und in zerrissenen Kleidern. Remigio, Remigio! Ich schrie Giacomo zu, er solle mit dem Peitschenstiel auf die Pferde einschlagen. Es begann dunkel zu werden.

Wir erreichten gegen neun Uhr die Stadtmauer von Verona und der panische Schrecken, das allgemeine Durcheinander waren so groß, dass niemand auf die Kutsche achtete und wir ungehindert zum »Albergo della Torre di Londra« gelangten. Es gab kein Zimmer mehr, kein Loch zum Übernachten, weder hier noch, wie man mir versicherte, in irgendeinem anderen Gasthaus der Stadt: Alles war für die Offiziere requiriert. Die zu Tode erschöpften Pferde wurden im Hof angebunden. Giacomo musste sich um sie kümmern. Ich sprang endlich aus der Kutsche.

Zu Fuß ließ ich mich von einem Jungen zur Via Santo Stefano Nr. 147 begleiten.

Wir mussten öfters die Straße auf und ab gehen, um im spärlichen Schimmer der Laternen die Hausnummern zu erkennen. Falls Remigio zu Hause war, wollte ich ihn überraschen; ich zitterte am ganzen Leib vor Ungeduld und Sehnsucht, aber wer wusste schon, ob er zu Bett lag oder jemand bei ihm war, und obgleich ich ihn um jeden Preis sehen wollte, schien es mir angebracht, den Jungen auf Kundschaft vorauszuschicken. Er war schlau und begriff sofort: Er sollte läuten, wegen einer höchst dringlichen Angelegenheit nach dem Leutnant fragen, darauf bestehen, dass man ihn einließ, hinaufgehen, ihm irgendeine Lüge auftischen von einem Herrn, dessen Name er vergessen habe, der im »Albergo della Torre di Londra« dringend ohne weitere Verzögerung Nachricht über seinen Gesundheitszustand erwarte. Beim Hinausgehen sollte der Junge sowohl die Wohnungstür als auch den Hauseingang offen lassen. Ich verbarg mich hinter der Hausecke in einem engen Gässchen zwischen der Straße und dem Fluss. Der Junge läutete, man hörte eine verärgerte Stimme vom letzten Stock.

»Wer ist da?«
»Wohnt hier der Leutnant Remigio Ruz?«
»Die andere Klingel, die mittlere, verflucht noch mal!«
Der Junge läutete an der anderen Klingel. Es verging eine Minute, die mir endlos vorkam, niemand erschien; der Junge läutete nochmals, schließlich fragte eine Frauenstimme aus dem zweiten Stock:
»Wer ist da?«
»Wohnt hier der Leutnant Remigio Ruz?«
»Ja, aber er empfängt niemanden.«
»Ich muss ihn sprechen.«
»Morgen früh nach neun Uhr.«
»Nein, heute Abend. Habt ihr etwa Angst vor Dieben?«
Nach einer weiteren Minute ging endlich die Tür auf.

Remigio war da! Die Freude sprengte mir fast das Herz: Mir wurde schwarz vor Augen und da ich mich nicht mehr auf den Beinen hielt, lehnte ich mich an die Mauer. Kurz darauf kehrte der Bursche zurück: Man hat ihn zum Teufel geschickt, aber es war ihm gelungen,

Wohnungstür und Haustor angelehnt zu lassen. Ich gewann meine Kräfte zurück, gab dem schlauen Jungen etwas Geld und schlich mich ins Haus.

Ich hatte vorausgesehen, dass ich Zündhölzer brauchen würde. Auf dem Treppenabsatz des zweiten Stockwerks waren zwei Türen. An einer war Remigios Visitenkarte angebracht. Ich drückte die Tür auf, trat lautlos in ein fast dunkles Zimmer. Ich war auf dem Gipfel meiner Hoffnungen angelangt, fühlte bereits, wie die Arme meines Geliebten, für den ich ohne zu zögern all mein Gut und auch mein Leben gegeben hätte, mich an seine breite Brust pressten, fühlte schon seine Zähne in meine Haut dringen, kostete den Vorgeschmack der ganzen unbeschreiblichen und rasenden Glückseligkeit.

Die Freude machte mich ganz schwach: Ich musste mich auf einen Stuhl neben der Tür setzen. Ich sah und hörte alles wie im Traum: Ich hatte den Sinn für die Wirklichkeit verloren. Nebenan lachte jemand, lachte und lachte: Es war das schrille, ordinäre, haltlose Lachen einer Frau, das mich allmählich wachrief. Ich lauschte, richtete mich auf und näherte mich mit angehaltenem Atem einer weit geöffneten Tür, durch die man ein geräumiges, hell erleuchtetes Zimmer sah.

Ich stand im Dunklen, wo man mich nicht bemerken konnte. Oh, hätte mich Gott nur in diesem Augenblick geblendet! Dort drüben stand ein Tisch mit den Überresten eines Abendessens; hinter dem Tisch war ein großes, grünes Kanapee. Darauf lag Remigio und kitzelte scherzend ein Mädchen unter den Armen; dieses lachte, prustete, krümmte, wand sich und versuchte vergebens, den Händen des Mannes zu entkommen, der es auf den Hals küsste, auf die Arme, den Nacken und wo immer er hintraf.

Ich war wie erstarrt: Ich stand an meinem Platz wie festgenagelt, mit stierem Blick, gespitzten Ohren und zugeschnürter Kehle.

Der Scherze überdrüssig, ergriff Remigio das

Mädchen um die Taille und hob es sich auf den Schoß. Dann begann die häufig durch Scherze und Liebkosungen unterbrochene Unterhaltung. Ich hörte die Worte, ohne ihren Sinn zu verstehen. Und dann sprach diese Frau plötzlich meinen Namen aus.

»Zeig mir die Bilder der Contessa Livia.«

»Du hast sie schon so oft gesehen.«

»Zeig sie mir doch bitte.«

Remigio, der noch immer auf dem Kanapee ausgestreckt lag, hob einen Zipfel der Tischdecke, öffnete eine Schublade und zog einige Bilder heraus. Das Mädchen war ernst geworden, suchte nach den Porträts, schaute sie lange an und sagte:

»Ist sie schön, die Contessa Livia?«

»Das siehst du doch.«

»Du verstehst mich nicht. Ich möchte wissen, ob du sie schöner findest als mich.«

»Keine Frau ist für mich schöner als du.«

»Siehst du, auf dieser Fotografie im Ballkleid sind die Arme und Schultern ganz unbedeckt.«

Das Mädchen drapierte sein Hemd wie das Kleid auf der Fotografie.

»Schau, bin ich schöner?«
Remigio küsste sie zwischen die Brüste und rief aus:
»Tausendmal schöner!«
Das Mädchen, das neben der Lampe saß, nahm, indem es weiterhin dem lächelnden Mann fest in die Augen schaute, eines nach dem anderen die vier Bilder und zerriss sie ganz langsam in je vier Stücke, die es zwischen Schüsseln und Gläsern auf den Tisch fallen ließ. Remigio lächelte noch immer.
»Aber du Schuft sagst ihr, dass du sie liebst.«
»Du weißt, dass ich es so selten wie möglich sage; aber ich brauche sie und wir wären, wie du weißt, hier nicht zusammen, meine Liebe, wenn sie mir nicht das Geld gegeben hätte. Diese verfluchten Ärzte haben sich mein Leben teuer bezahlen lassen.«
»Wie viel ist dir geblieben?«
»Fünfhundert Gulden, die schon zum Teil dahin sind. Ich muss nach Trient an die Kasse schreiben: Jedes süße Wort, ein Goldstück.«
»Trotzdem«, sagte die Frau mit Augen voller Tränen, »trotzdem bedrückt mich das.«

Der Mann zog sie ganz nahe zu sich und murmelte:
»Ich will keine Tränen sehen.«

Da drehte sich mir das Herz im Leibe um. Die Liebe war zum Abscheu geworden. Wieder auf der Straße, ging ich durch die Dunkelheit, ohne zu wissen wohin, vorbei an den Gruppen von Soldaten, die mich anrempelten, an Tragbahren, von denen Stöhnen und Schmerzensschreie drangen, vorbei an eiligen Bürgern und verängstigten Bauern. Keiner beachtete mich, die ich im Schatten der Häuser, ganz in Schwarz gekleidet, mit einem dichten Schleier vor dem Gesicht, dahinschlich.

Ich gelangte auf eine breite, mit düsteren Bäumen bepflanzte Straße, wo der Fluss mir zur Rechten ein wenig die drückende Luft erfrischte. Das Wasser war in der Dunkelheit kaum zu sehen; aber mir kam auch nicht für einen Augenblick die Versuchung, mir das Leben zu nehmen. Schon war in mir, ohne dass ich es überhaupt bemerkt hatte, ein finsterer, noch unbestimmter, unklarer Gedanke aufgekommen, der allmählich von Geist und Gemüt Besitz ergriff – der Gedanke an Rache. Ich hatte alles für diesen Mann geopfert, ich hatte allein für ihn gelebt, ohne ihn glaubte ich sterben zu müssen, mit ihm hatte ich mich wie im Himmel gefühlt; und er schenkte sein Herz und seine Küsse einer anderen! Die Szene, der ich beigewohnt hatte, spiegelte sich vor meinen Augen wider; ich sah erneut die wollüstigen Spiele. Niederträchtig! Ich eile zu ihm, überwinde jedes Hindernis, verachte jede Gefahr, ziehe meinen Namen durch den Schmutz: Eile ihm zu Hilfe, eile ihn zu trösten, und finde ihn gesund und schöner denn je in den Armen einer Frau! Und er, der mir alles verdankt, und sein Liebchen treten gemeinsam meine Ehre und meine Gefühle mit Füßen, schmähen und verhöhnen mich. Ich bezahle ihre Ausschweifungen und diese blonde Person rühmt sich, nackt schöner zu sein als ich; und er (selbst diese größte Schmach ist mir nicht erspart geblieben) erklärt sie tatsächlich für schöner als mich!

Von all diesen Aufregungen war ich völlig

erschöpft. Die Wut, die in mir kochte, hatte in meinem ganzen Körper ein glühendes Fieber entzündet und meine Knie zitterten. Ich wusste nicht mehr, wo ich war; ich konnte und wollte nicht irgendeinen Passanten bitten, mich bis zum Hotel zu begleiten, wo ich in der Kutsche hätte Zuflucht finden können. So setzte ich mich ans Flussufer und starrte in den schwarzen Himmel. Ich konnte nicht stillhalten, kehrte zurück in die Straßen der Stadt; ich war ganz von Sinnen und fiel vor Müdigkeit fast um. Seit achtzehn Stunden hatte ich nichts gegessen. Zufällig gelangte ich an ein bescheidenes Kaffeehaus, und nachdem ich mehrmals vor dem Fenster auf und ab gegangen war und es mir leer zu sein schien, trat ich ein, setzte mich in die hinterste, dunkelste Ecke und bestellte mir etwas. In der anderen Ecke lagen ausgestreckt auf der schmalen, roten Polsterbank, die um den ganzen niederen, feuchten, großen Raum lief, zwei Soldaten, die rauchten und gähnten.

Kurz darauf kamen noch zwei weitere Offiziere: Ein junger, der vielleicht neunzehn Jahre alt war, lang, schmächtig, mit einem schmalen Schnurrbärtchen, und ein Mann um die vierzig, untersetzt, kräftig, mit einem violetten, ganz vernarbten Gesicht, breiten, kohlrabenschwarzen Augenbrauen und unter der großen Nase zwei Schnurrbartbüschel, dicht und stachelig wie Borsten; im Mund hatte er eine böhmische Stummelpfeife, aus deren riesigem Pfeifenkopf dichte Rauchwolken zum bereits geschwärzten Hängeboden aufstiegen.

Der jüngere ging sogleich auf die beiden in der Ecke liegenden Offiziere zu und begrüßte sie. Ich hörte, wie er sagte: »In zwei Stunden habe ich vierzig Leute sterben sehen, im Operationssaal unter dem Messer der Chirurgen, sie werfen mit Armen und Beinen um sich, als würden sie Ball spielen, trepanieren und reparieren Köpfe …«
»Die sollten die Köpfe unserer Generäle reparieren«, brummte der Böhme grinsend. Keiner achtete auf mich.
Dann kam ein Mädchen herein, alleine. Es sah aus wie eine Hutmacherin, setzte sich neben

das magere Offizierchen und fragte mit lauter Stimme:
»Zahlst du mir einen Kaffee?«
Nach einer kurzen Unterhaltung, der ich keine Aufmerksamkeit schenkte, sagte einer der beiden liegenden Soldaten, ohne sich weiter zu rühren, zu dem Mädchen:
»Costanza, heute habe ich deinen Leutnant Remigio gesehen.«
»Wann?«, fragte das Mädchen.
»Heute, ich bin zu ihm gegangen, Giustina war bei ihm, kennst du Giustina?«
»Ja, diese Blonde, die drei falsche Zähne hat.«
»Das ist mir nicht aufgefallen.«
»Dann sieh sie dir genau an. Und wie geht es Remigio?«
»Er jammert hin und wieder über Schmerzen am Bein und hinkt ein wenig, das ist alles. Diese Krankheit war wohl ein Segen. Die anderen setzen ihr Leben aufs Spiel, schinden sich ab, hungern im Höllenfeuer und in allen anderen Verdammtheiten dieses Krieges und er isst, trinkt, ist guten Mutes und hat jemanden, der ihn aushält.«

»Wer soll denn das gute Stück aushalten?«
»Eine Dame.«
»Ein altes Sabberweib?«
»Nein, meine Gute. Eine schöne, junge Dame, noch dazu eine Millionärin, eine Contessa, die ganz verrückt nach ihm ist.«
»Und sie zahlt dem Leutnant seine Schönen?«
»Sie gibt ihm Geld und zwar viel.«
»Die arme Närrin!«
»Remigio nennt sie seine Messalina. Er hat mir den Familiennamen nicht gesagt, aber er hat mir verraten, dass sie in Trient wohnt und Livia heißt. Kennt sich jemand in Trient aus?«
Das schmächtige Offizierchen sagte:
»Ich werde mich erkundigen und euch morgen Abend, wenn wir in Verona sind, alles berichten. Contessa Silvia, nicht wahr?«
»Contessa Livia, Livia, merk es dir!«, schrie der liegende Offizier.
Costanza nahm das Gespräch wieder auf: »Aber ist denn Remigio wirklich krank?«
»Das schon. Du musst bedenken, dass man so etwas nicht vier Ärzten vormachen kann: einem aus Remigios Regiment, einem vom General aus einem anderen Regiment bestimm-

ten und zwei weiteren aus dem Militärkrankenhaus. Alle drei Tage visitieren sie ihn, betasten das Bein, beklopfen und ziehen es, bis er schreit. Einmal wurde er ohnmächtig. Inzwischen geht es ihm schon besser.«

»Wenn der Krieg vorbei ist, ist das Bein geheilt!«, beharrte Costanza.

»Das darfst du nicht einmal im Scherz sagen«, erwiderte der zweite liegende Offizier, der bis dahin noch nichts gesagt hatte. »Du weißt, dass man schon allein beim Verdacht eines Betrugs den Leutnant und die Ärzte innerhalb von vierundzwanzig Stunden erschießen würde, den einen als Deserteur und die anderen als Komplizen und Helfershelfer.«

»Und sie würden es verdienen, bei Gott!«, brüllte der Böhme, ohne die Pfeife aus dem Mund zu nehmen. Das Offizierchen fügte hinzu:

»General Hauptmann würde nicht einmal vierundzwanzig Stunden warten.«

Bei diesen Worten leuchtete der Gedanke, den ich unbestimmt im Kopf gehabt hatte, hell auf – das war die Lösung. »General Hauptmann!«, sagte ich mir vor.

Die Hitze, welche mir zu Kopf stieg, zwang mich, den Schleier vom Gesicht zu heben; ich glühte. Ich rief nach etwas Wasser.

Die Offiziere, die mich nun bemerkten, stellten sich alle um mich herum. »Oh, schöne Frau!«, »Brauchen Sie etwas?«, »Wollen Sie ein Gläschen Marsala?«, »Können wir Ihnen Gesellschaft leisten?«, »Erwarten Sie jemanden?«, »Wundervolle Augen!«, »Lippen zum Küssen!« Das dünne Offizierchen hatte sich neben mich auf die Polsterbank gesetzt: Als jüngster wollte er sich am kühnsten zeigen. Ich befreite mich aus seinen Händen und wollte aufstehen, um zu fliehen, aber zwei andere hielten mich fest; der ekelhafte Böhme sah zu und rauchte. Ich wandte mich an ihn und schrie: »Mein Herr, ich bin eine Dame, helfen Sie mir und begleiten Sie mich nach Hause, zum ›Torre di Londra‹.« Der Böhme schob die anderen heftig aus dem Weg, wobei er das frisch gebackene Offizierchen fast über den Haufen warf, dann steckte er die Pfeife in die Tasche und bot mir mannhaft und ernst seinen Arm.

Ich ging mit ihm hinaus. Auf dem kurzen Weg richtete er nur einige respektvolle Worte an mich. Ich fragte ihn, wer General Hauptmann sei, wo er amtiere und erkundigte mich nach weiteren Dingen, an welchen mir aus gutem Grunde gelegen war. So erfuhr ich, dass der General der Oberbefehlshaber der Festung war und dass sich die Kommandantur im Castel San Pietro befand.

Das Tor des Hotels war noch geöffnet, obgleich es schon vor geraumer Zeit Mitternacht geschlagen hatte. Es herrschte ein reges Kommen und Gehen von Soldaten und Zivilisten. Ich dankte dem Offizier, der nach widerlichem Tabak stank und machte es mir, so gut es ging, auf den Kissen der Kutsche, die in der Ecke des Hofes stand, bequem. Zu Tode erschöpft schlief ich sogleich ein. Doch bald schreckte mich ein heftiges Klopfen am Wagenschlag auf. Die heisere, ordinäre Stimme des Böhmen ertönte:
»Ich bin es, Signora Contessa, ich bitte ergebenst, nur ein Wort an Sie richten zu dürfen.«

Ich öffnete das Fenster und der Offizier überreichte mir etwas: Es war meine Geldbörse, die ich während des ganzen Durcheinanders beim Bezahlen auf dem Tischchen im Kaffeehaus vergessen hatte. Seine drei Kameraden hatten sie gefunden und sie ihm nachgetragen; er sagte in feierlichem, ernstem Ton:
»Es fehlt nichts, weder Geld noch Papiere.«
»Sind die Papiere gelesen worden?« Ich dachte an Remigios Brief, den einzigen, den ich aufbewahrt hatte und den ich um nichts auf der Welt aus der Hand gegeben hätte.
»Nein, Signora Contessa. Nur Ihre Visitenkarte und eine Fotografie des Leutnants Remigio. Weiter nichts, ich versichere es Ihnen bei meiner Ehre.«

Am nächsten Morgen ließ ich mich noch vor neun Uhr in der Kutsche zur Kommandantur der Festung bringen. Die steile Auffahrt kam mir endlos vor: Ich schrie Giacomo zu, er solle den Pferden die Peitsche geben.

Der Platz vor dem Kastell war überfüllt mit

Soldaten aller Art, Verwundeten und Leuten aus dem Volk; aber ich gelangte ungehindert bis zu den Vorzimmern, wo ein alter Invalide meine Visitenkarte entgegennahm. Nach ein paar Minuten kam er zurück und sagte mir, General Hauptmann bitte mich in sein Privatquartier, wo er mir gleich nach Erledigung der dringlichsten Angelegenheiten seine Aufwartung machen würde.

Ich wurde durch Loggien, Korridore und Terrassen in einen Saal geleitet, dessen drei breite Fenster die ganze Stadt beherrschten. Die Etsch, von ihren Brücken überspannt, wand sich in Form eines S durch die Stadt, die erste Beuge zu Füßen des Hügels, auf dem das Castel San Pietro stand, die zweite zu Füßen einer anderen, dunklen, zinnengekrönten Burg. Über die Dächer der Häuser ragten die Kuppeln und Türme der alten Basiliken und inmitten einer weiten Fläche sah man das riesige Oval der römischen Arena. Die Morgensonne schien heiter über Stadt und Hügel, vergoldete auf der einen Seite die Berge und warf auf der anderen Seite ein friedliches Licht über die endlose, grüne, von weißen Dörfern, Häusern, Kirchen durchsetzte Ebene.

Zwei kleine Mädchen mit rosigen Gesichtern und strohblondem Haar kamen unter lautem Lachen in den Saal gesprungen. Als sie mich sahen, blieben sie kurz verdutzt stehen, dann fassten sie Mut und kamen auf mich zu. Die größere sagte:
»Signora, nehmen Sie Platz. Soll ich unsere Mama holen?«
»Nein, mein Kind, ich warte auf deinen Papa.«
»Papa haben wir heute Morgen noch nicht gesehen. Er hat so viel zu tun.«
»Ich möchte den Papa sehen«, schrie die kleinere. »Ich hab den Papa so lieb.«
Da trat der General ein und die Kinder liefen ihm entgegen, klammerten sich an seine Beine, versuchten, ihm auf den Rücken zu klettern; er hob erst die eine, dann die andere hoch und gab ihnen einen Kuss. Die zwei Dummerchen lachten und in die Augen des Generals trat eine Freudenträne. Er wandte sich mir zu und sagte:
»Verzeihen Sie, Signora, wenn Sie Kinder ha-

ben, werden Sie mich verstehen.« Er setzte sich mir gegenüber und fuhr fort: »Ich kenne den Conte dem Namen nach und würde mich freuen, der Signora Contessa dienen zu können.«

Ich gab dem General ein Zeichen, dass er die Kinder fortschicken solle und er sagte ihnen in liebevollem Ton: »Geht, meine Kinder, die Signora und ich haben etwas zu besprechen.«

Die Kinder taten einen Schritt auf mich zu, als wollten sie mir einen Kuss geben. Ich wandte mich ab, wonach sie endlich etwas enttäuscht fortgingen.

»Herr General«, flüsterte ich, »ich komme, um die Pflicht einer treuen Untertanin zu erfüllen.«

»Signora Contessa ist Deutsche?«

»Nein, ich bin Trientinerin.«

»Ah, gut«, rief er und schaute mich mit Erstaunen und Ungeduld an.

»Lesen Sie.«

Ich reichte ihm mit einer entschlossenen Bewegung den Brief Remigios, den ich in meiner Geldbörse aufbewahrt hatte. Nachdem der General den Brief gelesen hatte, sagte er:

»Ich verstehe nicht: Der Brief ist an Sie gerichtet?«
»Ja, Herr General.«
»Also ist der Mann, der ihn schrieb, Ihr Geliebter.«
Ich antwortete nicht. Der General zog eine Zigarre aus der Tasche, zündete sie an, erhob sich vom Stuhl und begann, im Saal auf und ab zu gehen. Plötzlich stellte er sich vor mich, blickte mich geradewegs an und sagte:
»Nun, ich habe es sehr eilig, machen Sie schnell.«
»Der Brief ist von Remigio Ruz, Leutnant des Dritten Regiments der Grenadiere.«
»Und?«
»Der Brief ist deutlich. Der Leutnant hat vorgegeben, krank zu sein, indem er vier Ärzte bestochen hat«, und rasch fügte ich in hasserfülltem Ton hinzu: »Er ist ein Deserteur!«
»Ich habe verstanden. Der Leutnant war Ihr Geliebter und hat Sie sitzen lassen. Sie rächen sich, er soll erschossen werden und zusammen mit ihm die Ärzte. Stimmt das?«
»Es geht mir nicht um die Ärzte.«

Der General runzelte die Stirn, dachte eine Weile nach, dann gab er mir den Brief zurück. »Signora, denken Sie darüber nach: Denunzieren ist schändlich und was Sie tun, ist Mord.«
»Herr General«, rief ich, indem ich den Kopf hob und ihn hochmütig anblickte, »tun Sie Ihre Pflicht.«

Am Abend gegen neun Uhr brachte mir ein Soldat in das »Albergo della Torre di Londra«, wo man endlich ein Zimmer für mich aufgetrieben hatte, ein Billet mit folgendem Inhalt:

Morgen früh, pünktlich um halb fünf Uhr werden im zweiten Hof des Castel San Pietro der Leutnant Remigio Ruz und der Arzt aus seinem Regiment füsiliert. Dieses Billet berechtigt, der Exekution beizuwohnen. Der Unterzeichner dieses Schreibens bittet die Signora Contessa um Nachsicht, dass er ihr das Schauspiel der Erschießung der anderen Ärzte vorenthalten muss, da diese aus Gründen, welche hier aufzuführen müßig wäre, vor ein anderes Kriegsgericht kommen.

General Hauptmann

Um halb vier, noch in dunkler Nacht, verließ ich, von Giacomo begleitet, zu Fuß das Hotel. Am Hügel des Castel San Pietro angelangt, befahl ich Giacomo, mich allein zu lassen und begann den steilen Aufstieg; mir war heiß, zum Ersticken heiß. Ich wollte den Schleier nicht vom Gesicht heben, doch ich öffnete die obersten Knöpfe des Kleides und stülpte den Kragen nach innen: Ein wenig Luft auf der Brust erleichterte mir den Atem.

Die Sterne verblassten, eine gelbliche Morgendämmerung breitete sich aus. Ich folgte einigen Soldaten, die am Schloss entlanggingen und in einen von hohen, dunklen Ringmauern umfassten Hof traten. Dort hatten sich bereits zwei Kommandos von Grenadieren versammelt. Im Halbdunkel und dem stillen Gewimmel von Soldaten achtete niemand auf mich. Man hörte bereits die Glocken aus der Stadt, von der tausend vermischte Geräusche heraufdrangen. Knarrend öffnete sich eine niedrige Tür des Schlosses und zwei Männer traten mit am Rücken gefesselten Händen heraus: Der eine, ein magerer Dunkelhaariger, schritt aufrecht, sicher, mit erhobener Stirn; der andere schleppte sich, von zwei Soldaten mühsam unter den Achseln gestützt, schluchzend vorwärts.

Ich weiß nicht, was danach folgte; ich glaube, es wurde etwas verlesen; dann hörte ich ein lautes Knallen und sah den jungen, dunklen zu Boden fallen. Im selben Augenblick bemerkte ich, dass Remigio bis zum Gürtel nackt war, und ich war von den Armen, den Schultern, dem Hals, all den Gliedmaßen, die ich so sehr geliebt hatte, wie geblendet. Mir schwebte das Bild meines Geliebten vor Augen, wie er mich in Venedig, in der *Sirena,* voller Liebesglut und Freuden zum ersten Mal in seine stählernen Arme geschlossen hatte. Ein zweites Knallen ließ mich aufschrecken. An die noch bebende, marmorweiße Brust warf sich eine blonde Frau, die vom Blut bespritzt wurde. Beim Anblick dieses schamlosen Weibes regte sich in mir erneut all meine Verachtung und mit der Verachtung gewann ich meine Würde und meine Kraft zurück. Ich fühlte mich im Recht und machte mich auf den Rückweg, ruhig und stolz darauf, eine schwere Pflicht erfüllt zu haben.

Als ich am Tor des Schlosses angekommen war, spürte ich, wie jemand mir den Schleier vom Gesicht riss; ich drehte mich um und sah vor mir die schmutzige Visage des böhmischen Offiziers. Er nahm die Pfeife aus seinem riesigen Maul, kam mit seinem Schnurrbart dicht an mein Gesicht und spuckte mir auf die Wange …

*

Ich habe doch gleich gesagt, dass Gino, der kleine Advokat, wiederkommen würde. Es genügte eine Zeile von mir: Kommen Sie, wir versöhnen uns, und er stürzte herbei. Er ließ seine Verlobte, diesen Trampel, eine Woche vor dem festgelegten Hochzeitstag sitzen und sagt mir nun jeden Tag, indem er mich fast so kräftig wie Remigio an sich drückt: »Livia, du bist ein Engel!«

Nachwort

Die unmoralischste von allen – Camillo Boitos Livia Serpieri

Ohne sie ist die europäische Literatur des späten 19. Jahrhunderts überhaupt nicht vorstellbar. In Portugal heißt sie Luísa, in Spanien Ana, in Frankreich Emma, in Deutschland Effi, in Russland nennt sie sich Anna. Fünf Romanheldinnen, die eines gemeinsam haben: Sie brechen die Ehe. Die Romane, die von ihren sittlichen Skandalen und tragischen Schicksalen berichten, erschienen in Buchform zwischen 1857 und 1894.

Den Anfang machte der Franzose Gustave Flaubert mit *Madame Bovary*. Ihm folgte aus dem Zarenreich im Jahr 1877 Leo Tolstois *Anna Karenina*. Nur ein Jahr später erschien aus der Feder des Portugiesen José Maria Eça de Queiroz ein Roman mit dem Titel *Der Vetter Basilio.* Ihm schloss sich 1884 *Die Präsidentin* an, verfasst von dem spanischen Schriftsteller Leopoldo Alas, der es vorzog, unter dem Pseudonym Clarín zu veröffentlichen. Und schließlich, sechs Jahre vor der Jahrhundertwende, überreichte Theodor Fontane einer erschütterten Leserschaft seine *Effi Briest.*

Heute würde man von einem Trend sprechen, von einem Thema, das zwingend in der Luft liegt und danach drängt, in der Form des großen Gesellschaftsromans verarbeitet zu werden. Eben das sind diese Romane aus fünf europäischen Sprach- und Kulturräumen. Das Etikett Ehebruchroman beschreibt das Szenario ihrer gesellschaftlichen Widersprüche und Konflikte nur unzureichend. Der Niedergang des Modells der Konvenienzehe, der hier in fünf Variationen illustriert wird, steht beispielhaft für einen grundsätzlichen Normenwandel. Ein Wandel, in dem sich das 20. Jahrhundert und mit ihm die Revolution der Geschlechterordnung ankündigt. Keine der fünf Protagonistinnen darf als emanzipiert im heutigen Sinn bezeichnet werden. Keine ging auch nur einen einzigen Tag einer Arbeit nach, die sie ernährte. Keine heiratete aus Liebe, sondern bestenfalls aus matter Sympathie. Die drei berühmtesten, Emma Bovary, Anna Karenina und Effi Briest überleben ihren verhängnisvollen Ehebruch und dessen Folgen nicht, und werden am Ende der Romanhandlung dem Tod übergeben. Und doch künden sie bereits von der historisch einzigartigen Freiheit, die Frauen heute genießen. Sie haben, wenn auch mit fatalem Ausgang und nur in Gestalt erotischer Grenzüberschreitung, nach einem Zipfel der Freiheit gegriffen; in Frankreich, Spanien, Portugal, Russland und im preußischen Deutschland.

Ist da nicht eine Lücke in der Reihe? Sollte die italienische Literatur des späten 19. Jahrhunderts etwa keine legendäre Ehebrecherin hervorgebracht haben? Keine weibliche Figur, deren Name sich augenblicklich mit der Unerhörtheit ehelicher Untreue verbindet? Doch – es gibt sie. Sie hat den Namen Livia

Serpieri und nimmt, da sie einen Conte geheiratet hat, den Adelsrang einer Contessa ein, einer Gräfin also. Sie betrügt ihren Gatten mit einem jungen, äußerst attraktiven Offizier namens Remigio. So weit, so gut und den fünf literarischen Schicksals- und Romangefährtinnen ähnlich; und doch auch wieder nicht. Denn die novellenhafte Erzählung mit dem Titel *Sehnsucht* und dem Untertitel *Das geheime Tagebuch der Contessa Livia*, verfasst von Camillo Boito im Jahr 1883, schert, vom Kernplot des Ehebruchs abgesehen, in jeder anderen Hinsicht aus der Reihe der skizzierten Gesellschaftsromane aus. Diese Livia ist ein anderer Fall, salopp gesagt: ein anderes Kaliber. Eine leidenschaftlich Liebende und Begehrende, das zweifellos, aber zugleich eine grausame Rächerin, eine erbarmungslose Intrigantin und alles in allem ein eher unangenehmer, ja abstoßender Charakter. Einzig die zu berechnendem Kalkül fähige Emma Bovary könnte ihr das Wasser reichen. Alle anderen, Ana, Luísa, Effi, Anna sind Lämmlein gegen diese radikal selbstbezogene, wölfische Italienerin.

Eine vergleichbare Frauenfigur findet sich kaum in der Geschichte der bürgerlichen Erzählliteratur; eher im Film noir des 20. Jahrhunderts, der schwarze Seelen in verführerische Frauenkörper senkte, oder in einem berühmten Briefroman des 18. Jahrhunderts, den *Gefährlichen Liebschaften* von Choderlos de Laclos. Die Französin, die hier Intrigen spinnt, die eine unerwiderte Leidenschaft zu erkalteter Grausamkeit umformt und letzten Endes genau daran zugrunde geht, diese Marquise de Mertieul kommt am ehesten als Seelenverwandte der Contessa Livia infrage.

Alles an dieser Figur zielt aufs Grelle, aufs Extrem. Es genügt Livia nicht, den Geliebten, der sie erst ausnutzt und dann verrät, zu demütigen, um sich an ihm zu rächen. Ihre Rache will vollständige Vernichtung, ihr Racheplan steuert die Schockszene von Remigios Hinrichtung an. Es ist der unerhörte Höhepunkt dieses an Unerhörtem nicht gerade armen Textes. In dieser durch und durch makabren Szene liegt der Schlüssel zu Livias Charakter. Sie ist, mit den Augen jener Wissenschaft betrachtet, die sich um die Jahrhundertwende etablieren wird, der Psychoanalyse, eine moderne Sadomasochistin. Sadistisch durch die lustvolle Erregung, die sie beim Anblick der Tötung des über alles geliebten Mannes verspürt. Masochistisch, weil sie sich in eben diesem Moment selbst umbringt. Das tödliche Ende des Racheplans ist auch ihres. Sie reißt sich, wie man so sagt, das Herz aus dem Leib. Die Blutspritzer, die sie vom Schafott herunter treffen, versinnbildlichen einen seelischen Selbstmord. Nicht zufällig wird die Betrachtung ihres Spiegelbildes, die akribische Kontrolle ihres Gesichts und seiner Alterserscheinungen zu Livias Obsession. Viel mehr als die körperliche Hülle ist ihr nach der Hinrichtung, bei der sie sich mitopferte, nicht geblieben.

Camillo Boito hat mit Livia eine Kunstfigur erschaffen, die genau genommen der Welt der Oper um einiges näher steht als der Welt des zeitgenössischen Romans. Livias Gestalt verdankt sich der Ästhetik theatralischer Überzeichnung. Das beweist nicht nur der blutrünstige Ausgang der Geschichte. Elemente der

Überzeichnung und Übertreibung begleiten den Text von Beginn an.

Der Leser begegnet der Contessa als neununddreißigjähriger Frau, die beschließt, »die alten Erinnerungen« an die Liebe ihres Lebens in der skizzenhaften Form eines Tagebuchs »dem Papier anzuvertrauen«. Es sind Erinnerungen an Ereignisse, die sechzehn Jahre zurückliegen, sich in den Jahren 1865 und 1866 zutrugen. Livia befand sich, wie sie maliziös berichtet, auf Hochzeitsreise in Venedig, als sie Remigio begegnet, ihn verführt und sich von ihm verführen lässt. Das muss man sich auf der Zunge zergehen lassen. Alle anderen der genannten Ehebrecherinnen hatten eine Reihe monotoner oder zumindest geruhsamer Ehejahre hinter sich, bevor sie sich auf eine Affäre einließen oder von echter Leidenschaft mitgerissen wurden. Livia hingegen betrachtet ihre Ehe vom ersten Tag an ausschließlich als komfortables Geschäft, aus dem sie in zweierlei Hinsicht Gewinn zieht: gesellschaftlicher Aufstieg und luxuriöser Reichtum. In ihrem strategischen Agieren begegnen sich aristokratische Dekadenz und kapitalistisches Nutzdenken. Man könnte auch sagen: Sie verkörpert die Fäulnis der ausklingenden wie die Makel der anbrechenden Epoche.

Dass ihre Ehe nicht auf Liebe gründet, das entspricht den Sitten der Zeit. Die siebzehnjährige Effi Briest brachte für den achtunddreißigjährigen Baron von Instetten auch nicht mehr als Respekt auf, als sie von der eigenen Mutter an ihn verkuppelt wurde. Aber die Art, wie Livia ihren Gatten nicht nur nicht liebt, sondern regelrecht verachtet und in grausamer Ausführlichkeit als altes Scheusal mit Fettbauch, gefärbtem Schnurrbart und üblen Gerüchen als Witzfigur bloßstellt, das geht über die Sitten der Zeit doch hinaus. Er ist nichts anderes als ein »dummstolzer Aristokrat« und bleibt es im gesamten Handlungsverlauf. Er spielt nicht die geringste Rolle, tritt überhaupt nicht mehr in Erscheinung. Er wird zum Hanswurst degradiert, der von den Umtrieben der Gattin nicht das Geringste zu bemerken scheint.

Eine gewollte Übertreibung stellt auch der Altersunterschied des Paares dar. Livia ist Anfang zwanzig, als sie beschließt, sich den Conte zu angeln. Dieser ist Anfang sechzig. Er könnte, wie sie lapidar mitteilt, ihr Großvater sein. Natürlich gab es im 19. Jahrhundert eine solche Alterskonstellation bei manchen Eheleuten. Sie ist auch der Gegenwart nicht unbekannt. Aber sie stellte damals eine Ausnahme von der Regel dar, wie sie es heute tut. Die Gatten von Emma Bovary und Anna Karenina hatten ihren Ehefrauen ebenfalls eine erhebliche Spanne an Lebenszeit voraus. Aber es handelte sich jeweils um den biografischen Abstand einer Generation. Sie hätten, ebenso wie Baron von Instetten, Väter der Angetrauten sein können, was den Konventionen ihrer Zeit vollkommen entsprach. Aber ein Großvater? Ein Mann an der Schwelle zur Senilität? Als literarische Figur stellt er eine Karikatur dar, und diese beruht auf dem Prinzip der Übertreibung.

Mit der Welt der Oper dürfte der Autor tatsächlich vertraut gewesen sein. Arrigo Boito, dessen Nachruhm den seines Bruders Camillo überstrahlt, war ebenfalls Schriftsteller, zudem ein renommierter Komponist und Librettist für Guiseppe Verdi. Selbst gründliche Lexika der italienischen Literatur nehmen nur von Arrigo, nicht von Camillo Boito Notiz. Dies ist sicherlich auch darin begründet, dass Camillo sich selbst in erster Linie als Architekt und Restaurator verstand, das Schreiben nur nebenher betrieb und als Freizeitvergnügen definierte. Sein literarisches Werk ist denn auch schmal. Es besteht aus zwei Novellensammlungen, den Bänden *Storie vane* (1876) und *Nuove storie vane* (1883). Der zweite enthält *Senso – Sehnsucht*.

In Rom 1836 geboren, wuchs Camillo Boito mit dem sechs Jahre jüngeren Bruder Arrigo in Padua auf. Die Neigung zur Kunst lag in der Familie, der Vater Silvestro galt als namhafter Maler. Nach dem Studium der Architektur an den Kunstakademien von Padua und Venedig ließ sich Camillo Boito in Mailand nieder, etablierte sich als Architekt, vor allem aber als Restaurator historischer Gebäude. Bis ins hohe Alter unterrichtete er am Istituto Tecnico Superiore, einer der führenden italienischen

Architektenschmieden der Zeit. Und er war der Bauherr einer bis heute legendären Einrichtung, der Casa Verdi in Mailand, jenem von Giuseppe Verdi gestifteten und 1902 eröffneten Altersheim für verarmte Operndiven und betagte Dirigenten.

Camillo Boitos Biografie ist ohne die stürmische Geschichte Italiens im 19. Jahrhundert, ohne die Unabhängigkeitskriege des Risorgimento und die Gründung des Nationalstaates so wenig vorstellbar wie seine berühmteste Novelle interpretierbar. Mag die egozentrische Contessa ihr Desinteresse an politischen Ereignissen, die ärgerlicherweise ihre privaten Leidenschaften zu stören vermögen, noch so deutlich demonstrieren, mag sie noch so mokant anmerken, es sei ihr egal, welche Kriege wo und warum ausbrächen und wer sich dabei niedermetzele: Auch ihr persönliches Schicksal ist abhängig von eben diesen Ereignissen. Würde Remigio, Offizier im Dienst des österreichischen Militärs, nicht im Frühjahr 1866 nach Verona abkommandiert, um gegen die Truppen Garibaldis zu kämpfen, dann nähme die in Venedig begonnene Liebesaffäre eine andere Wendung. Für die, die sie in *Sehnsucht* nimmt, ist der historische Kontext ausschlaggebend, ja zwingend.

Remigio, über dessen Charakter sich Livia keine Illusionen macht, den sie als »stark, schön, pervers, feig« bezeichnet, der lieber den Ruf eines unsoldatischen Dandys genießt als sich einem Duell zu stellen, setzt alles daran, einen Arzt zu bestechen, der ihn gegen eine stattliche Summe für kriegsuntauglich erklärt. Diese Summe schwatzt er seiner reichen, ihm verfallenen Geliebten ab. Sie muss ihn Richtung Verona ziehen lassen. Aus seiner dürftigen Korrespondenz kann sie erahnen, dass sie in Remigios Harem längst einen Platz in den hinteren Reihen eingenommen hat. Sie reist ihm nach, erwischt ihn in flagranti und die Tragödie der Rache nimmt ihren Lauf. Livia zeigt die erschwindelte Krankmeldung dem Oberbefehlshaber der österreichischen Armee an, wissend, dass sie damit Remigios Hinrichtung erzwingt.

Aus der Schlacht bei Custozza am 24. Juni

1866, die sich in der Nähe Veronas und im Zuge des sogenannten Dritten Unabhängigkeitskrieges ereignet, geht das österreichische Regiment zwar als Sieger hervor. Historisch besiegelt diese Schlacht jedoch die Autonomie des jungen Nationalstaats gegenüber der k.u.k.-Monarchie. Infolge eines Geheimabkommens mit Preußen, das an der Seite Italiens steht, kann dieses die begehrte Provinz Venetien in sein Territorium eingliedern. Nur eine Stadt bleibt bis 1918 unter Wiener Herrschaft: Trient. Dank seines zu großen Teilen pro-österreichischen Bürgertums erwarb sich Trient den Titel »Citta Fedelissima«, die allergetreueste Stadt; treu nicht dem italienischen Patriotismus, sondern dem habsburgischen Kaiserreich. Trient aber ist die Stadt, der Livia entstammt, in der sie ihren reichen Conte ergattert, in der sie den Aufstieg ins Establishment vollzieht und lebt.

Zufall? Eher nicht. So weit Camillo Boito sich als Autor hinter den Tagebuchtext seiner Ich-Erzählerin auch zurückzieht, so unzweifelhaft setzt er mit der Wahl ihrer Heimatstadt ein

Zeichen, das eine politische Lesart nahelegt. Livia Serpieri und ihr ermatteter Gatte haben sich nichts zu sagen, zusammen begehen sie lediglich gesellschaftliche Auftritte und nehmen sie die Mahlzeiten ein. Aber in einem Punkt verstehen sie sich bestens: Sie sind überzeugte Österreicher. Garibaldi stellt in ihren Augen ein historisches Übel dar, nichts anderes als einen kriegslüsternen Blutsäufer, der durchs Land marodiert. Vom Offizier Remigio ist anzunehmen, dass er diese Haltung teilt, wiewohl ihn Feigheit und Hedonismus davon abhalten, ihr auf dem Feld Ausdruck zu verleihen.

Um die politische Intention Camillo Boitos in Gänze zu erfassen, ist es hilfreich, sich deutlich zu machen, dass er in dieser Kurznovelle ein wahres Panoptikum negativer Charaktere auftreten lässt, was zur Radikalität des Textes nicht wenig beiträgt. Die Figuren in *Sehnsucht* – Remigio wie Livia und auch deren kaum in Erscheinung tretender Ehemann – sind in einer einzigen Farbe gezeichnet, in Schwarz. Nur mit Mühe ließe sich eine Eigenschaft finden, die zur Aufhellung ihres Charakters beitrüge. Livia ist als Frau zutiefst gekränkt, und der Gekränkten wird ein Recht auf Wiedergutmachung eingeräumt. Aber als Wiedergutmachung wird man ihre Handlungsweise, die Auslieferung des Geliebten an den Henker, wohl nicht bezeichnen wollen. Remigio wäre zugutezuhalten, dass ihn das weibliche Geschlecht, wie jeden Don Juan, allzu sehr verwöhnt und er ein Opfer dieser Verwöhnung ist. Nur erweist er sich nicht nur als Betrüger auf erotischem Gebiet. Er ist es auf jedem anderen auch und letzten Endes ein Krimineller. Dem Conte Serpieri, der seine vier Jahrzehnte jüngere Gattin mit Geschmeide und Luxus jeder Art überhäuft, ließe sich mit viel gutem Willen nachsagen, er sei ein großzügiger Mensch. Dem widerspricht die Gattin selbst. Sein Reichtum, lässt sie durchblicken, beruht auf skrupelloser Besitzgier. Nein, dieses Trio amoureux ist eine durch und durch verderbte Bande und als solche ein Sinnbild des verderbten, nur an Eigennutz orientierten Antipatriotismus italienischer Machart.

Zwei Jahrzehnte nach der Schlacht, bei der um den Nationalstaat Italien gerungen wurde, blickt Camillo Boito auf die Gegner der Revolution zurück und schildert ihren Untergang. Sie standen auf der falschen Seite der Geschichte. Als der italienische Filmregisseur Luchino Visconti im Jahr 1954 den narrativen Kern von *Sehnsucht* zu einem zweistündigen Leinwandmelodram ausformuliert, nimmt er eine bezeichnende Umdeutung vor. Bei ihm ist Livia keineswegs eine Täterin, sondern das Opfer der historischen Konstellation, eine Frau, die zwischen die politischen Lager gerät. Livias Gatte wird im Film wie in der literarischen Vorlage als fanatischer Vertreter Österreichs charakterisiert. Livia hingegen unterhält durch ihren Cousin, eine von Visconti hinzu erfundene Figur, Kontakte zu italienischen Nationalisten. Sie steht, zumindest in der Ausgangssituation der Filmerzählung, gleichsam auf der richtigen Seite der Geschichte, verliert sich dann aber in einem unlösbaren Drama. Ihr Cousin vertraut ihr eine hohe Geldsumme an, die von den Untergrundkämpfern gesammelt wurde und für die Schlacht von Custozza notwendig wäre. Er bittet sie im Frühsommer 1866, das Geld aus Venedig zu schmuggeln. Livia jedoch wird schwach und händigt es Remigio aus, der damit einen Arzt bestechen kann. Visconti inszeniert Livia folglich als Figur, die von einem klassischen Konflikt – zwischen politischer Überzeugung und menschlicher Leidenschaft – zerrissen wird.

Bei Camillo Boito gibt es diesen Konflikt nicht. Von politischer Überzeugung oder politischer Moral kann bei seiner, in den frühen Achtzigerjahren des 19. Jahrhunderts erdachten und literarisch geformten Livia keine Rede sein. Das Weltbild der Contessa steht in weitläufiger Verwandtschaft mit jener Antimoral, deren Silhouette sich im Denken eines Philosophen ihrer Zeit abzeichnet, Friedrich Nietzsche. Nicht, dass sie je seinen Namen oder eine seiner Schriften zur Kenntnis nehmen wird. Das Leben der neununddreißigjährigen Frau, die sich in *Sehnsucht* ihrem Tagebuch anvertraut, wird in Verbitterung und selbstbezogener Verhärtung verlaufen. Die Stunden, die sie vor dem Spiegel zubringt, werden sich mehren. Die Anzahl der Liebesanwärter, denen sie vage Hoffnungen macht, um sie daraufhin möglichst grausam demütigen zu können, wird sich im Lauf der Jahre mindern. Unzweifelhaft aber nimmt sie unter den Ehebrecherinnen, die von der europäischen Literatur des 19. Jahrhunderts erschaffen wurden, einen Siegerplatz ein: Sie ist die unmoralischste von allen. In gewisser Weise auch die emanzipierteste – befreit von aller Seelenschönheit, in deren Licht die Literatur das Weibliche so gern betrachtet.

Ursula März
Berlin, im Mai 2016

Inhalt